Michael Thürnau

MEINE private WITZEKLADDE

LACHEN MIT DEM BINGOBÄR

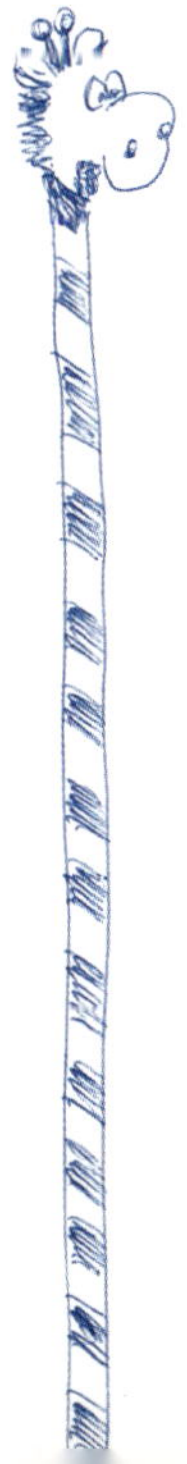

HINSTORFF

Impressum

Michael Thürnau
„Meine private Witzekladde – Lachen mit dem Bingobär"

1. Auflage 2012

Lagerstraße 7
18055 Rostock
www.hinstorff.de

Die Deutsche Nationalbibliothek verzeichnet dieses Publikation in der Deutschen Nationalbibliographie; detaillierte bibliographische Daten sind im Internet über http://dnb.dbb.de abrufbar.

Projektleitung:
Carina Niemeyer
Fotos: Carina Niemeyer, Mario Neitzke
Umschlag & Gestaltung:
VERSUS corporate media, Mario Neitzke, · www.versus-vm.de
Herstellung:
Hinstorff Verlag GmbH
Druck & Bindung:
Neumann & Nürnberger, Leipzig
Printed in Germany

HINSTORFF

VIELEN DANK AN:

- MEINEN VATER, VON DEM ICH MEINEN HUMOR GEERBT HABE

- AN MARIO NEITZKE, DEN NIMMERMÜDEN KREATIVEN KOPF

- AN ALLE, DIE AM BUCH MITGEARBEITET HABEN: CARINA, EVA UND ALLE BEIM HINSTORFF VERLAG

Michael Thürnau im Internet:
www.thuernauswelt.de
facebook.com/MichaelThurnau
(ohne ü!) facebook

AKTUELLE WITZE IM WEB:

ABBA GEHT
IMMER!
No
OE 1891
1. DANCING QUEEN
3. ROCK ME

Michael Thürnau

ICH HABE MEINE FIGUR SEIT DER KONFIRMATION NICHT NUR GEHALTEN – ICH HABE SIE SOGAR VERDOPPELT!

Guten Tag!

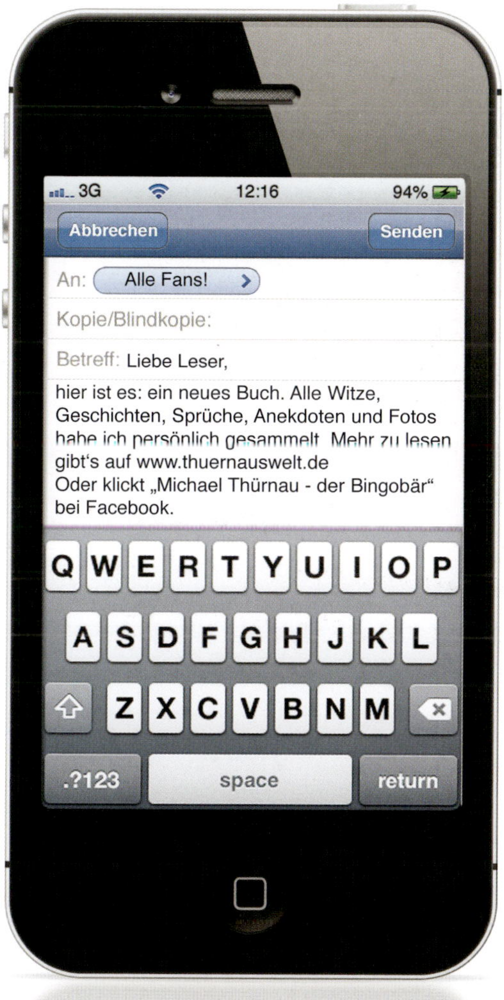
3G
12:16
94%
Abbrechen
Senden
An: Alle Fans!
Kopie/Blindkopie:
Betreff: Liebe Leser,
hier ist es: ein neues Buch. Alle Witze, Geschichten, Sprüche, Anekdoten und Fotos habe ich persönlich gesammelt. Mehr zu lesen gibt's auf www.thuernauswelt.de
Oder klickt „Michael Thürnau - der Bingobär" bei Facebook.
Q W E R T Y U I O P
A S D F G H J K L
Z X C V B N M
.?123
space
return

VORWORT

Ach ja, ich werde langsam alt. Seit über 25 Jahren stehe ich auf der Bühne, plaudere im Radio, moderiere im Fernsehen. Kaum eine Stadt, in der ich nicht auf der Bühne stand oder den Marktplatz bespielte – so wie früher die Gaukler und Minnesänger. Alles, was mir da an Witzen, Anekdoten, Sprüchen und Geschichten begegnet ist, habe ich gesammelt, aufgeschrieben und in einer Kladde geordnet.

Hier ist der 1. Teil davon – zum Verschenken oder selber Lachen – oder als Anregung für euren Vortrag oder Witzeabend.

Viel Spaß mit meiner ganz persönlichen Witzekladde.

Euer Michael Thürnau

In der Arztpraxis

Eine kleine Arztpraxis, der Bauer kommt mit starkem Husten in die Sprechstunde.

„Wenn Sie nicht bald den Löffel abgeben wollen, müssen Sie aufhören zu rauchen!“, meint der Arzt.

„Dazu ist es zu spät“, mault der Bauer.

„Nein! Zum Aufhören ist es nie zu spät!“

„Dann hat es ja noch Zeit.“

Ab in den Urlaub

Jan-Hinnerk und seine Frau haben 40 Jahre lang auf dem Hof geschuftet. Nun geht es zum ersten Mal in den Urlaub und Jan-Hinnerk hat Angst.

Alle Passagiere sitzen schon im Flugzeug – und nichts passiert. Auf einmal hören sie den Piloten wütend schreien: „Ich weigere mich zu fliegen, wenn der verdammte Propeller nicht ausgetauscht wird.“

Nach zehn Minuten rollt die Maschine Richtung Startbahn. Jan-Hinnerk fragt etwas verunsichert die Stewardess: „Sagen Sie, ist so schnell der Propeller ausgetauscht worden?“

„Nein“, sagt die Stewardess. „Der Propeller nicht.

Der Pilot“.

Grau macht schlank?

Da fragen Sie mal einen Elefanten!

Presszitrone

Galavorstellung im Zirkus. In die Manege tritt der stärkste Mann der Welt. Er nimmt eine Zitrone zwischen die Finger und presst sie aus. Ein Trommelwirbel, und dann die Ansage: „Derjenige, der aus dieser Zitrone noch einen einzigen Tropfen herauspressen kann, bekommt 100 Euro!"

Stille im Zirkus.

„Ich erhöhe mein Angebot: Derjenige, der aus dieser Zitrone noch einen einzigen Tropfen herauspressen kann, bekommt 1.000 Euro!"

Da meldet sich in der letzten Reihe ein schmächtiger, kleiner Mann. Trommelwirbel, der Mann tritt in die Manege. Noch ein Trommelwirbel, und tatsächlich presst er unter tosendem Applaus Saft in ein Glas. Natürlich bekommt er sofort die 1.000 Euro.

„Ich muss Sie aber noch etwas fragen", meint der Zirkusdirektor. „Sie sind viel schwächer als der stärkste Mann der Welt. Und Sie schaffen es, aus einer völlig ausgepressten Zitrone noch etwas herauszuholen. Was sind Sie von Beruf?"

„Finanzbeamter!"

Vollkornbrot

Ein älterer Mann kommt zum Arzt und sagt: „Herr Doktor, ich hätte gerne ein wenig mehr Ausdauer in der Liebe. Können Sie mir Viagra verschreiben?"

„Davon rate ich ab", meint der Arzt. „Viagra ist viel zu gefährlich. Essen Sie lieber Vollkornbrot. Das ist ein norddeutsches Hausrezept für die Manneskraft. Viel Vollkornbrot."

Also geht der Patient in die nächste Bäckerei: „Ich hätte gern fünf Kilo Vollkornbrot!"

„Fünf Kilo Vollkornbrot?", fragt die Bäckerin. „Für Sie allein? Da wird doch die Hälfte hart!"

„Die Hälfte hart? Gut, dass Sie das sagen. Geben Sie mir zehn Kilo!"

OSTFRIESLAND

Amtsgericht Aurich, Ostfriesland. Der Richter belehrt den Zeugen:

„Sie müssen die Wahrheit sagen und nichts als die Wahrheit. Wissen Sie, was Sie bekommen, wenn Sie hier eine Falschaussage machen?"

„Klar", sagt der Zeuge, „500 Euro vom Angeklagten."

Bundesstraße 109, Richtung Rügen. Im dichten Urlaubsverkehr stoppt eine Polizeistreife einen Urlauber.

„Ihr Bremslicht hinten links funktioniert nicht!"

Der Urlauber steigt voller Panik aus, geht um das Auto herum und schlägt die Hände über dem Kopf zusammen.

„Oh mein Gott. Das darf nicht wahr sein. Oh mein Gott, wie furchtbar."

„Naja", meint der Polizist verständnisvoll, „so schlimm ist es nun auch wieder nicht, so ein kaputtes Bremslicht."

„Ach, hören Sie doch auf mit dem blöden Bremslicht. Wo ist mein Wohnwagen?"

WAS IST DER UNTERSCHIED ZWISCHEN EINER TELEFONZELLE UND DER BUNDESTAGSWAHL?
IN EINER TELEFONZELLE ZAHLT MAN, BEVOR MAN WÄHLT.

ZWEI RENTNER SITZEN AUF EINER BANK. SAGT DER EINE: „MICH JUCKT ES IN DER LINKEN HAND, ICH GLAUBE, WIR BEKOMMEN MEHR RENTE."

DARAUF DER ANDERE: „MICH JUCKT ES IM HINTERN, ICH GLAUBE, DIE BESCHEISSEN UNS WIEDER."

BITTE NUR PER NACHNAME

Am Ende ihrer Karriere bewerben sich Daniela Katzenberger, Dieter Bohlen und Bushido um einen Arbeitsplatz.

Beim Vorstellungsgespräch geht als erste Daniela Katzenberger rein, kommt nach fünf Minuten wieder raus und schimpft: „Mist, kein Abitur."

Auch Dieter Bohlen kommt nach fünf Minuten wieder raus und meckert: „Mist, kein Führerschein."

Als Letzter ist Bushido dran. Schon nach einer Minute kommt er wieder heraus und flucht: „So ein Mist, kein Nachname."

Seit Jahren hofft ein Vater, dass seine älteste Tochter unter die Haube kommt. Endlich gibt es einen jungen Mann, der sich in sie verliebt hat. Er stellt sich beim Vater vor und sagt: „Wenn ich genug Geld gespart habe, heirate ich Ihre Tochter." Der Vater zückt sein Portemonnaie, zieht einen Schein heraus und sagt: „Hier haben Sie schon mal 50 Euro!"

Unfassbä

Im Kinderzimmer. Bruder und Schwester spielen. Sie, fünf Jahre alt: „Wollen wir nicht Ehepaar spielen?"

Er, sieben Jahre alt: „Geht nicht. Mama hat uns verboten, Krach zu machen!"

IKEA

Ein junges Paar zieht endlich in die neue Wohnung. Sie ist etwas schüchtern und er rasend eifersüchtig. Als er eines Morgens zur Arbeit geht, fasst sie Mut und fährt bei IKEA einen neuen Kleiderschrank einkaufen. Am Nachmittag baut sie den Schrank im Schlafzimmer auf – aber wie immer bei IKEA fehlen ein paar Schrauben. Gerade steht der Schrank, da macht es „rummms", und mit lautem Getöse fällt der Schrank wieder zusammen.

Zweiter Versuch. Diesmal bleibt der Schrank etwas länger stehen, dann kracht er wieder zusammen. Die junge Dame ist völlig verzweifelt, denn sie will doch ihren frischgebackenen Mann überraschen.

Sie fasst ihren ganzen Mut zusammen und klingelt beim Nachbarn. Der hilft natürlich gerne aus. Mit schnellen Griffen schraubt er den IKEA-Schrank zusammen. Gerade will sich die junge Frau bedanken – „rummmmssssss" liegt der Schrank wieder am Boden. „Ich mache Ihnen einen Vorschlag", meint der Nachbar. „Ich glaube, der Schrank fällt zusammen, wenn draußen die Straßenbahn vorbeifährt. Ich steige jetzt in den Schrank, und wenn die Bahn

kommt, sehe ich von innen, welche Schraube wo fehlt, und dann besorgen wir die Schraube neu."

Natürlich ist die junge Frau einverstanden. Man baut also gemeinsam den Schrank ein viertes Mal auf. Dann steigt der Nachbar in den Schrank, schließt die Tür von innen und wartet. Und wie es jeder kennt: Nichts passiert. Der Schrank steht, und keine Straßenbahn fährt vorbei.

Auf einmal öffnet sich die Wohnungstür – der eifersüchtige Ehemann kommt nach Haus. Er begrüßt seine Frau mit einem Kuss, dann sieht er den Schrank, rennt ins Schlafzimmer und reißt die Tür auf.

Drinnen steht der Nachbar völlig verdattert. „Was machen Sie in meinem Kleiderschrank?", schreit der Ehemann.

Der Nachbar entgegnet kleinlaut: „Sie werden das jetzt nicht glauben, aber ich warte auf die Straßenbahn!"

VÖLLIG VERSTÖRT KOMMT DER GESCHÄFTSFÜHRER EINER GROSSEN FIRMA NACH HAUS.

„WAS IST DENN MIT DIR PASSIERT?", FRAGT SEINE FRAU.

„OH MANN", STÖHNT ER. „ICH HABE HEUTE AUS SPASS DEN EIGNUNGSTEST FÜR AZUBIS GEMACHT. BIN ICH FROH, DASS ICH SCHON GESCHÄFTSFÜHRER BIN!"

ZWEI JÄGER betrachten die Trophäensammlung. Der eine staunt: „Warum hängt denn dein Hochzeitsfoto zwischen all den Geweihen?"

„Weil das der größte Bock war, den ich je geschossen habe!"

ZWEI DITHMARSCHER BAUERN machen einen Ausflug nach Hamburg. Abends gönnen sie sich einen Cocktail im feinen Hotel Interconti an der Fontenay. Alles ist gediegen und edel, und auch bei den Cocktails staunen die beiden.

Sagt der eine: „Hast du schon mal so große Eiswürfel gesehen mit einem Loch in der Mitte?"

Antwortet der andere: „Ich bin seit 30 Jahren mit einem verheiratet!"

„ZU SCHNELL GEFAHREN, das macht 50 Euro Bußgeld", sagt der Polizist zur Autofahrerin.

„Das ist viel zu teuer, ich bin arme Verkäuferin in einem Kaufhaus!"

„Na, dann kostet es für Sie nur 49,99", grinst der Polizist.

Der kleine Michael kommt wieder mal mit einer Fünf aus der Schule und bekommt eine gewaltige Strafpredigt.

Irgendwann jammert er: „Mama, ich will nicht klug werden, ich will nicht erfolgreich werden, ich will nicht reich werden – ich will so werden wie Papa!“

Bad Pyrmont, der alte, mondäne Kurort, berühmt für sein Heilwasser. Man trifft sich zum Trinken am Brunnen, und wie überall herrscht entspannte Ruhe – man spricht nicht über seine Beschwerden.

Zur Mittagszeit steht ein sehr auffälliger Mann am Trinkbrunnen und spricht seinen Nachbarn laut an: „Wie wirkt denn bei Ihnen das Heilwasser?“

Der Angesprochene flüstert: „Pssssst!“

„Ja“, meint der Mann, „bei mir auch!“

Bewerbungsgespräch in der Sparkasse Hamburg.

„Ich habe gehört, Sie suchen einen neuen Kassierer“, sagt der Bewerber.

Der Personalchef: „Das stimmt. Und den alten Kassierer suchen wir auch noch!“

„IHR MANN GEFÄLLT MIR GAR NICHT“, SAGT DER ARZT ZUR EHEFRAU.

„MIR AUCH NICHT, HERR DOKTOR, ABER ER IST SO GUT ZU DEN KINDERN!“

Treffen sich zwei alte Schulfreunde.
„Warum hast Du dich eigentlich von deiner Frau getrennt?"
„Willst Du mit jemandem zusammen sein, der ständig nörgelt, raucht, flucht und schlechte Laune hat?"
„Nein, natürlich nicht!"
„Siehst du, meine Frau auch nicht!"

ROCK 'N' ROLL!

Ein verliebtes Pärchen sitzt knutschend auf der Parkbank. „Schatz", haucht sie, „schenk mir doch ein Kind!"
Lächelnd entgegnet er: „Aber Schatz, Kinder werden nicht geschenkt. Kinder werden geboren!"
„In Ordnung", meint sie, „dann bohr mir bitte eins!"

7

Im katholischen Emsland kommt ein Mann in den Beichtstuhl: „Hochwürden, ich habe letzte Nacht sieben Mal gesündigt!"

Der Pfarrer ist entsetzt: „Sieben Mal? Mein Gott, mit wem denn?"

„Mit meiner Ehefrau, Hochwürden!"

„Mit deiner eigenen Frau? Aber das ist doch keine Sünde!"

„Das ist mir klar, Hochwürden. Aber sieben Mal in einer Nacht in meinem Alter – das musste ich einfach jemandem erzählen!"

Modernes Märchen

Es treffen sich ein Elefant und ein Krokodil. „Rate mal, was ich für ein Tier bin", sagt der Elefant.

„Hmmm", meint das Krokodil, „lass mal überlegen: Gross, grau, Stosszähne, Rüssel – du bist ein Elefant!"

„Richtig. Und jetzt will ich raten", meint der Elefant. „Du bist bissig, trägst 'ne komische Lederjacke und hast 'ne riesengrosse Klappe. Du bist Dieter Bohlen."

„Einmal am Tag sollte man einen Menschen glücklich machen", meint die Lehrerin. „Wer von euch hat denn gestern einen anderen Menschen glücklich gemacht?"

Meldet sich der kleine Michel: „Ich, Frau Lehrerin.

Ich war gestern bei Oma zu Besuch, und sie war sehr glücklich, als ich wieder gegangen bin!"

VHS

STAMMTISCHABEND IN NORDDEUTSCHLAND.

EINER DER STAMMTISCHBRÜDER PRAHLT: „IHR MÜSST AUCH MAL ZUR VOLKSHOCHSCHULE GEHEN. ICH BIN SO KLUG, SEITDEM ICH MEINEN SCHULABSCHLUSS IN DER VOLKSHOCHSCHULE NACHMACHE. DREI MAL IN DER WOCHE BIN ICH JETZT IN DER VHS, UND ICH WEISS NUN SOGAR, WER SOKRATES, ARISTOTELES UND EURIPIDES SIND!"

SAGT DER WIRT: „UND KENNST DU AUCH BAKALAKOS?"

„NÖ. WER IST DENN BAKALAKOS?"

„DAS IST DER KELLNER VOM GRIECHEN, DER DEINE FRAU VERNASCHT, WENN DU DREI MAL DIE WOCHE IN DER VOLKSHOCHSCHULE BIST!"

In der Bar stehen zwei Männer und protzen mit den tollsten Erlebnissen. Sagt der eine:

„Ich habe einen Karton unter dem Bett stehen. Darin sind Liebesbriefe in Deutsch, Englisch, Spanisch, Portugiesisch, Französisch und Italienisch."

„Na und", kontert der zweite. „Ich zahle Alimente in Euro, Dollar, Kronen, Pfund, Yen und Rubel."

Erster Schultag nach den Ferien, und die Personalien der Schüler werden notiert. „Ich bin halbehelich", sagt der kleine Michael.

„Halbehelich?", fragt die Lehrerin. „So etwas gibt es nicht. Entweder bist du ehelich oder unehelich!"

„Ich bin wohl halbehelich, Frau Lehrerin. Meine Mama ist verheiratet, mein Papa nicht!"

Bremer Weserstadion, das Spiel des Jahres. Werder Bremen gegen den FC Bayern München. Das Stadion ist seit Wochen ausverkauft. Nur mitten auf der Tribüne ist ein einziger Platz frei.

„Das ist ja komisch mit dem einen Platz hier", meint ein Fan zu seinem Nachbarn. „Ach wissen Sie", sagt der, „da wollte heute eigentlich meine Frau sitzen. Sie ist ein so großer Fan von Werder Bremen, und sie hatte sich wochenlang gefreut. Die Karte haben wir schon vor langer Zeit gekauft, und jetzt ist meine Frau verstorben."

„Oh, das tut mir aber leid. Haben Sie denn keinen anderen Verwandten, der mitkommen wollte?"

„Geht nicht. Die sind heute alle bei der Beerdigung!"

WAS IST DER UNTERSCHIED ZWISCHEN DEM UNTERGANG DER TITANIC UND EINER SHOW MIT DIETER BOHLEN?

SCHRECKLICH IST BEIDES, ABER AUF DER TITANIC WAR DIE MUSIK BESSER!

„Warum kommst Du denn schon wieder zu spät zur Schule?“, fragt der Lehrer den kleinen Hinnerk.

„Ich musste doch die Kuh zum Decken zum Bullen bringen, Herr Lehrer!“

„Aber kann das denn nicht dein Vater machen?“

„Nein, Herr Lehrer, das muss der Bulle machen!“

Achtung, Polizei

Aus einer Kneipe kommt ein völlig betrunkener Mann, torkelt zum Parkplatz und streicht allen Autos über das Dach.

„Was machen Sie denn da?“, fragt ein Passant. Der Mann lallt: „Ich suche mein Auto!“

„Aber Autos sind doch auf dem Dach alle gleich!“

„Meins nicht. Meins hat oben ein Blaulicht!“

Treffen sich zwei Frauen beim Einkaufen.

„Ich bin völlig fertig“, meint die eine. „Meine Tochter erzählt mir nichts mehr. Ich mache mir solche Sorgen!“

„Du hast Probleme“, meint die andere.

„Meine Tochter erzählt mir alles. Ich mache kein Auge mehr zu!“

FIET HAT BEIM KEGELN MÄCHTIG GETANKT UND WACHT AM NÄCHSTEN MORGEN MIT EINEM GEWALTIGEN KATER AUF.

KLEINLAUT FRAGT ER SEINE FRAU BEIM FRÜHSTÜCK: „SAG MAL, ICH WAR DOCH SCHÖN LEISE GESTERN, ALS ICH HEIMKAM, ODER?"

SEINE FRAU: „DU SCHON. DEN KRACH HABEN DIE VIER GEMACHT, DIE DICH DIE TREPPE HOCHGETRAGEN HABEN!"

„NA?", SAGT DER ARZT ZUM RENTNER. „HAT DAS POTENZMITTEL GEHOLFEN, DAS ICH IHNEN LETZTE WOCHE VERSCHRIEBEN HABE?"

„JA", ANTWORTET DER RENTNER, „ES KLAPPT WIEDER TADELLOS MIT DER LIEBE."

„UND IST IHRE FRAU AUCH ZUFRIEDEN?"

„KEINE AHNUNG. ICH WAR SEITDEM NOCH NICHT WIEDER ZU HAUS!"

„Mama", ruft das Kind in der Badewanne, „wo ist der Waschlappen?" Knappe Antwort: „Zigaretten holen!"

Er nervt seine junge Freundin mit lauter schwülstigen Liebeserklärungen.

„Schatz“, sagt er auf der Parkbank, „darf ich dich Schneeglöckchen nennen? Du bist meine Erste!“

„Klar“, antwortet sie. „Und ich nenne dich ‚Boeing‘.“

„Aber wieso denn Boeing?“

„Du bist mein 747.“

Zum ersten Mal muss der junge Familienvater auf Dienstreise gehen. Mutter und die kleine Tochter packen den Koffer. „Jetzt noch ein Wurstbrot, damit Papa nicht verhungert“, erklärt die Mama, „und eine Flasche Bier, damit Papa nicht verdurstet …“

Da rennt die Tochter ins Bad, kommt mit einer Flasche Rasierwasser zurück und meint: „Und das Parfum noch, damit Papa nicht verduftet!“

Sammelsurium

MEIN HOBBY: ICH SAMMLE KURIOSE RECHTSCHREIBFEHLER. DIESER SALAT KOMMT AUS ITALIENN.

FOTOS

Hinter der Bühne mit Musikantenstadl-Chef Andy Borg

Als Skipper bei einer Veranstaltung in Laboe

KLAUS

AUCH KLAUS

ICH MIT KLAUS & KLAUS

„Ich war gestern mit meinem Mann beim Ausverkauf", erzählt Frau Müller im Büro. „Und", fragt die Kollegin, „bist du ihn losgeworden?"

Der kleine Michael fragt die Mutter: „Mama? Die Geschenke, die bringt doch der Weihnachtsmann?"

„Ja", antwortet die Mutter.

„Und die Ostereier kommen vom Osterhasen, oder Mutti?"

„Na klar!", bestätigt die Mutter.

„Und die Kinder bringt der Storch?"

„Ja sicher. Aber warum fragst du?"

„Mama, dann erklär mir doch mal: Wozu haben wir eigentlich Papa?"

Kleinlaut kommt der Sohn zu seinem Vater. „Papi, ich muss mal unter drei Augen mit dir reden!"

Der Vater schmunzelt:„Du meinst wohl unter vier Augen?"

„Nein Papa, ein Auge musst du zudrücken."

Die Bundesregierung plant eine spektakuläre Änderung: Statt des Bundesadlers soll nun das Krokodil als Wappentier verwendet werden.

Der Grund: Das Krokodil ist das bessere Symbol für die Regierung. Das Wasser bis zum Hals, aber die Klappe weit aufgerissen!

DAS IST MEINE WELT: ICH AUF DER BÜHNE, DAVOR TAUSENDE ZUSCHAUER

Drei Männer stehen an der Bar und kommen beim Bier ins Gespräch. „Ich muss Ihnen eine lustige Geschichte erzählen“, sagt der eine. „Meine Frau hat in der Schwangerschaft das Buch ‚Das doppelte Lottchen‘ gelesen. Und was soll ich Ihnen sagen? Sie hat Zwillinge bekommen!“

Sagt der zweite Mann: „Das ist ja sehr lustig! Meine Frau hat in der Schwangerschaft ‚Die 3 Musketiere gelesen‘. Und was soll ich Ihnen sagen: Drillinge!“

Der dritte Mann wird kreidebleich, rennt zur Tür und ruft: „Verdammter Mist! Meine Frau ist auch schwanger und liest gerade ‚Ali Baba und die 40 Räuber‘!“

Verzweifelt fragt der Eheberater nach stundenlanger Sitzung die Frau: „Haben Sie denn wirklich gar nichts mit Ihrem Mann gemeinsam?“„Doch“, knurrt die Frau, „wir haben am gleichen Tag geheiratet!“

Man in Red.

Die vierte Klasse einer Grundschule. Die Hausaufgabe für die Schüler: „Malt einen Vogel!" Am nächsten Tag sagt die Lehrerin zum kleinen Michael: „Dein Vogel ist ja schön bunt. Aber warum hat er denn keine Beine und keinen Schwanz?"

Sagt der kleine Michael unter Tränen: „Ich habe Mama gefragt, wo man bei Vögeln die Beine hinmacht. Da habe ich eine Ohrfeige bekommen, und da möchte ich nach dem Schwanz gar nicht mehr fragen!"

Thurnaus total tragikomische Todesursachen

In den vergangenen Jahren habe ich unterwegs **TODESURSACHEN** gesammelt – in Kneipen, auf Wänden, in Zeitungen, im Gespräch. Todesursachen gesammelt?
Klingt komisch, ist es auch. Dabei ist doch klar, dass jeder ganz individuell stirbt.
Von Jahr zu Jahr kamen immer mehr komische Formulierungen dazu.

Tragikomisch

Den **Elektriker** ... trifft der Schlag.
Der **Beamte** ... entschläft sanft.
Der **Gärtner** ... beißt ins Gras.

Der **Urologe** ... verpisst sich.
Der **LKW-Fahrer** ... kommt unter die Räder.
Der **Schauspieler** ... verlässt die Bühne.
Der **Kunstturner** ... verreckt.
Der **Zahnarzt** ... hinterlässt eine schmerzhafte Lücke.
Der **Friseur** ... springt über die Klinge.
Der **Pornostar** ... nippelt ab .
Der **Winzer** ... macht einen Abgang.

Der Pazifist ruht in Frieden.

Der Schuh-verkäufer tritt ab.

DER TRINKER *geht ex.*
DER BERGMANN *fährt in die Grube.*

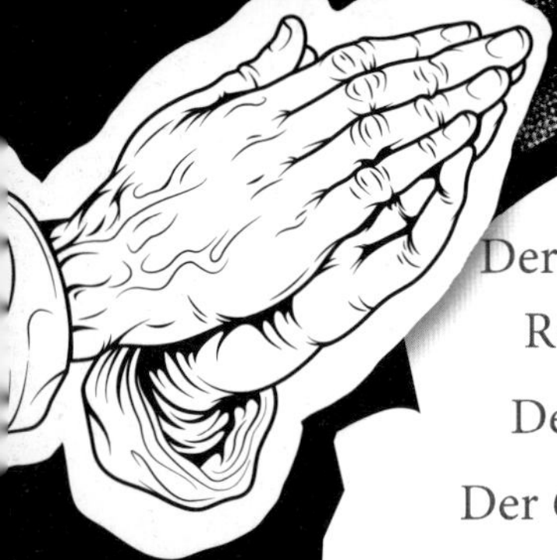

Der *Vegetarier* schaut sich die Radieschen von unten an.

Der *Fährmann* ist hinüber.

Der *Optiker* schließt die Augen.

Dem *Uhrmacher* schlägt das letzte Stündlein.

Der *Jäger* geht in die ewigen Jagdgründe.

Der *Bauer* macht sich vom Acker.

Der *Vogelforscher* macht die Flatter.

Der *Puppenspieler* kriegt einen Herzkasper.

Der *Wäschereimitarbeiter* verbleicht.

Der *Dachdecker* geht drauf.

Der *Einsiedler* wird heimgerufen.

Der *Kaninchenzüchter* geht hopps.

Der Rabbi geht über den Jordan.

Der Maurer springt von der Schippe.

Die Putzfrau kehrt nie wieder.

Der Tankwart bekommt die letzte Ölung.

Der Kfz-Mechaniker … schmiert ab.

Todesfälle

Der Richter kommt vor das Jüngste Gericht.

Der Banker bezahlt mit dem Leben.

Der Tischler steigt in die Kiste.

Der Schlossherr gibt den Geist auf.

Der Seemann läuft ein in den Hafen der Ewigkeit.

Der Diplomat wird abberufen.

Der Mathematiker … geht gegen Unendlich.

Der Spanner ist weg vom Fenster.

Der Callboy kommt nie wieder.

Der Pilot macht 'nen Abflug.

Der Schiedsrichter … pfeift aus dem letzten Loch.

„Du und deine Welt“, die große Verbraucherausstellung in Hamburg. Seit einer Viertelstunde redet ein Verkäufer auf die Kundinnen ein und will eine Mikrowelle verkaufen. Da platzt Oma Müller der Kragen:

„Nun hören Sie auf, mir das aufzuschwatzen. So ein Ding, das schnell heiß wird und in einer Minute fertig ist, habe ich seit 25 Jahren zu Haus.“

Ein Nachbar kommt aufgeregt zum Bauern gerannt: „Auf deinem Feld wird gerade deine Frau vernascht!“

Der Bauer schnappt sich die Mistgabel und rennt los. Nach drei Minuten kommt er atemlos zurück.

„Und?“, fragt der neugierige Nachbar.

„Alles in Ordnung. War nicht mein Feld!“

Treffen sich zwei Kolleginnen. „Na?“, fragt die eine. „Wie war der Urlaub?“

„Hör bloß auf“, meint die andere. „Mein Mann ist zum ‚Mister Sommerurlaub‘ gewählt worden. Da kannst du dir ja ungefähr vorstellen, was das für ein Kaff war ...“

Unterhaltung an einem Sonntagmorgen vor der Kirche. „Toll sieht Ihr Mann aus in seinem neuen Anzug!“

„Das ist kein neuer Anzug, das ist ein neuer Mann!“

Seit Stunden sitzt ein Mann am Tresen, tieftraurig und trinkt ein Bier nach dem anderen.

„Mensch, was ist denn mit Ihnen los?“, fragt der Wirt.

„Ach, ich hatte Streit mit meiner Frau. Und sie will eine Woche lang nicht mehr mit mir reden!“

„Na, dann freuen Sie sich doch“, meint der Wirt. „Eine Woche Ruhe!“

„Das ist es ja gerade. Morgen ist die Woche rum!“

TROMMELBÄR

In der Kantine klagt ein Kollege: „So geht das nicht weiter. Vor zwei Jahren im Urlaub an der Nordsee wurde meine Frau schwanger. Letztes Jahr beim Urlaub in den Alpen wurde sie wieder schwanger. In diesem Jahr fahren wir zusammen!“

Der Knecht zum Bauern: „Bauer, dein Hahn, der bringt es nicht mehr bei den Hennen!“

„Woher willst denn ausgerechnet du das wissen?“

„Ich hab ihn gerade mit dem Mähdrescher überfahren!“

DER ANGEKLAGTE ZUM RICHTER: „ICH GEBE JA ZU, DASS ICH NACHTS UM 3 UHR AUF DER A 20 GEKNIET HABE. ABER DAS IST NOCH LANGE KEIN BEWEIS, DASS ICH BETRUNKEN WAR!"

DER RICHTER: „DAS MAG SEIN. ABER SIE HABEN NACH ZEUGENAUSSAGE EINE STUNDE LANG VERSUCHT, DEN MITTELSTREIFEN AUFZUROLLEN!"

Ein Bauer in der Wesermarsch ist bekannt dafür, dass er nicht gerade liebevoll mit seinen Mitmenschen umgeht. Besonders seine Frau ist immer das Opfer von Beleidigungen. Eines Tages geht sie über den Hof, und er ruft ihr hinterher: „Du hast einen Hintern wie ein Mähdrescher!“

Tagelang ist sie verletzt und beleidigt. Doch dann kommt der Tag der Rache. Abends im Schlafzimmer wird dem Bauern ganz warm ums Herz. Er blickt ihr tief in die Augen und sagt ganz inniglich: „Wollen wir nicht ein wenig zärtlich miteinander sein?“

Ihre Antwort: „Du glaubst doch wohl nicht im Ernst, dass ich wegen dem lütten Strohhalm meinen Mähdrescher anwerfe?“

auswärtsspiel

Treffen sich zwei Freunde in der Kneipe. „Was machst du denn für ein Gesicht?", fragt der eine.

„Ach, ich habe 2:1 verloren!"

„Was heisst 2:1 verloren?"

„Naja, wir hatten heute unseren Liebestag. Meine Frau wollte zweimal, aber ich konnte nur einmal!"

Vierzehn Tage später, dieselbe Kneipe, dieselben Freunde. Und der eine strahlt.

„Warum hast du denn dieses Mal so gute Laune?"

„Ganz einfach, heute habe ich 3:1 gewonnen!"

„Das ist ja toll. Aber 3:1 in deinem Alter – wie hast Du das denn gemacht?"

„Ganz einfach: Auswärtsspiel!"

auto!

Zwei Männer am Stammtisch. Der eine: „Ich mache mir solche Sorgen um meine Frau!"

„Was hat Sie denn?"

„Mein Auto!"

ZWEI SCHWERGEWICHTIGE: ICH NEHME ROBERTO BLANCO AUF DEN ARM

ROLLENTAUSCH: MIT SCHÄFER HEINRICH AUF TOURNEE

Sonntagmorgens im katholischen Emsland. Nach der Messe kommt der im ganzen Kreis bekannte Trunkenbold zum Pfarrer: „Hochwürden, was ist eigentlich Gicht?"

Der Pfarrer sieht seine Chance gekommen, den Mann zu belehren und holt weit aus: „Gicht? Das ist eine Krankheit der Völlerei. Wer zu viel trinkt und isst und raucht, wer fremdgeht und gotteslästerlich lebt, der bekommt Gicht. Und seit wann leidest du unter Gicht, mein Sohn?"

„Ich gar nicht", grinst der Trunkenbold. „Aber in der Zeitung stand, unser Bischof leidet so sehr daran!"

Der Pfarrer tritt seine neue Stelle im katholischen Eichsfeld an und kennt sich in Duderstadt noch nicht so gut aus. Am Abend sucht er in der Altstadt den Ratskeller, kann ihn aber einfach nicht finden. Auf der Straße fragt er einen Jungen nach dem Weg.

„Ich weiß es, aber ich sage es nicht, Hochwürden!"

„Das ist aber nicht nett. Wenn du es mir nicht sagst, kommst du nicht in den Himmel!"

„Und Sie nicht in den Ratskeller!"

SCHAUMSCHLÄGER

KOLLEGENSPASS: MEIN AUTO GUT VERPACKT!

„Ihr Husten klingt schon viel besser als gestern", sagt der Arzt zum Patienten.

„Kein Wunder, Herr Doktor, ich habe ja auch die ganze Nacht geübt!"

Zwei Stammtischbrüder treffen sich auf der Straße. Der eine trägt einen mächtigen Kopfverband.

„Was ist denn mit dir passiert?"

„Mich hat eine Mücke gestochen!"

„Eine Mücke? Deshalb verbindet der Arzt doch nicht gleich den ganzen Kopf!"

„Eigentlich nicht. Aber meine Frau hat die Mücke mit einer Pfanne erschlagen!"

„SOLL DENN DER VATER DES KINDES BEI DER GEBURT DABEI SEIN?", FRAGT DIE HEBAMME DIE WERDENDE MUTTER.
„LIEBER NICHT. MEIN MANN KANN IHN EINFACH NICHT LEIDEN!"

OPA WILL MIT DEM KEGELCLUB AUF DIE REEPERBAHN NACH HAMBURG. VORHER GEHT ER ZUM ARZT UND FRAGT GANZ DIREKT: „HERR DOKTOR, IST SEX SCHÄDLICH FÜR MEIN HERZ?"
„NEIN", SAGT DER ARZT, „NUR, WENN SIE MITMACHEN!"

Eine Familie aus Norddeutschland macht Urlaub in Florida. Es ist heiß, und so fragt der kleine Sohn: „Mami, darf ich ins Meer?"

„Nein, mein Kind. Hier gibt es doch Haie!"

„Aber Papa ist doch auch im Wasser!"

„Ja, aber Papa hat eine Lebensversicherung!"

Treffen sich zwei Männer in der Hotelbar und kommen ins Gespräch. Nach einigen Gläsern gesteht der eine: „Ich hatte vor der Ehe keinen Sex mit meiner Frau. Und Sie?"

„Ich weiß nicht genau", meint der andere. „Wie hieß denn Ihre Frau mit Mädchennamen?"

Ein Mann klagt: „Seit fünf Jahren stehe ich jeden Morgen um sechs auf und gehe abends um neun schlafen. Seit fünf Jahren kein Alkohol, keine Frauen, kein Kino und keine Kneipe. Aber eines sage ich euch: Das hat ein Ende, sowie ich aus der Haft entlassen werde!"

Im Restaurant. Der Gast fragt: „Warum heißt dieses Gericht eigentlich Räuberspieß?" Der Kellner: „Warten Sie mal ab, bis die Rechnung kommt!"

Ein Witwer bummelt über den Hamburger Dom, das große Volksfest. Eine Wahrsagerin lockt ihn in ihr Zelt.

Mit gedehnter Stimme erklärt sie: „In meiner Glaskugel sehe ich den Geist Ihrer Frau!"

Der Mann erschrocken: „Mein Gott, was sagt Sie denn?"

„Nichts sagt sie!"

„Sie sagt nichts? Dann ist es nicht meine Frau!"

WENN DAVID COPPERFIELD IN DEN HUT GREIFT UND EIN KANINCHEN HERAUSZIEHT – DAS IST ZAUBEREI. WENN EINE FRAU IN DIE HANDTASCHE GREIFT UND DIE SCHLÜSSEL RAUSZIEHT – DAS IST EIN WUNDER!

SYLT ROCKT

Ein feines Restaurant in Westerland auf Sylt. Seit einer Stunde macht eine Runde älterer Damen beim Kaffeeklatsch den Kellner fast wahnsinnig. „Bitte stellen Sie doch die Klimaanlage ein wenig höher, es ist warm". Und fünf Minuten später: „Es zieht. Stellen Sie doch die Klimaanlage ein wenig niedriger!" Und wieder fünf Minuten später: „Ach, diese Hitze. Bitte drehen Sie doch die Klimaanlage wieder auf!"

Ein Gast am Nebentisch beobachtet das eine Zeit lang und raunt dann dem Kellner zu: „Ich bewundere Ihre Geduld. Macht Sie dieses ewige Hin und Her der Damen mit der Klimaanlage nicht wahnsinnig?"

„Keineswegs, mein Herr", raunt der Kellner zurück. „Wir haben überhaupt keine Klimaanlage!"

Die große Schwester hat einen neuen Freund, und der ist am Sonntag zum Essen eingeladen. Die Stimmung ist etwas steif.
„Mein großes Kompliment", meint der junge Mann zur Mutter. „So gut habe ich lange nicht mehr gegessen!"
Der kleine Bruder vorlaut: „Wir auch nicht ..."

In einer kleinen Pension im Harz kommt der Urlauber am Morgen zum Frühstück. Ein Hund springt dauernd an ihm hoch, kläfft laut. „Beißt Ihr Hund?", fragt er den Pensionswirt.
„Nein, mein Hund beißt nicht!"
Gerade will der Mann den Hund streicheln, da beißt dieser kräftig zu.
Der schreit auf: „Aber Sie haben doch gesagt, Ihr Hund beißt nicht!"
„Das ist nicht mein Hund!"

Nach einer durchzechten Nacht kommt nach Sonnenaufgang der Ehemann nach Hause, mit einem gewaltigen Kater. Gerade will er seiner Frau erzählen, wo er war, da unterbricht sie ihn: „Erzähl mir nichts, du Heuchler. Ich habe heute Morgen deine zehn besten Freunde angerufen. Sieben haben behauptet, du hättest bei ihnen übernachtet. Und drei behaupten, du lägest noch immer auf ihrem Sofa!"

Bauer Hinnerk ist beim Arzt. „Tja", sagt der Arzt, „diese Schmerzen in der linken Hand sind eine Alterserscheinung!"
„So ein Quatsch", meckert Hinnerk, „die rechte Hand ist genauso alt!"

Der Ehemann kommt nach drei Wochen Dienstreise nach Hause. Abends im Bett überkommt ihn die Lust und er beginnt, seine Frau zu streicheln.

„Noch nicht“, sagt sie, „unser Sohn nebenan schläft noch nicht. Geh noch ein Bier trinken!“ Der Mann geht in die Küche, trinkt das Bier und ist gleich zurück.“

„Nein“, weist die Frau ihn ab, „unser Sohn nebenan schläft immer noch nicht. Geh noch ein Bier trinken.“

Dieses Mal lässt sich der Ehemann mehr Zeit, kommt eine halbe Stunde später voller Vorfreude auf das Liebeserlebnis zurück.

„Unser Sohn schläft immer noch nicht. Geh noch ein Bier trinken!“

Er schleicht sich zurück in die Küche, findet aber im Kühlschrank kein Bier mehr. Also nimmt er seufzend die Flasche Sekt aus dem Kühlfach und öffnet sie mit einem lauten „Plopp!“

Da ruft der Sohn durch die Schlafzimmertür: „Mama, wenn Du Papa rangelassen hättest, hätte er sich jetzt in der Küche nicht erschossen!“

Hamburger Innenstadt, in einem mehrstöckigen Haus ist ein Brand ausgebrochen. Die Feuerwehr rückt mit dem Leiterwagen an. Ganz oben, im vierten Stock, ist in einer Wohnung noch eine alte Dame in Gefahr. Das Feuer hat fast ihr Schlafzimmer erreicht.
Ein Feuerwehrmann klettert unter dem Beifall der Schaulustigen die Leiter hoch, nimmt die alte Dame auf den Arm und trägt sie zur Leiter!

„So, ich halte Sie fest. Beißen Sie die Zähne zusammen!"

„Da müssen wir zurück", murmelt die alte Dame undeutlich. „Die Zähne liegen noch auf dem Nachttisch!"

FEUER FREI!

Weihnachten vor 2000 Jahren in Bethlehem. Maria und Josef ziehen von Herberge zu Herberge zu Herberge und suchen eine Unterkunft.

Entnervt klopft Josef an eine Tür. Die Tür öffnet sich, und der Wirt sagt: „Entschuldigung, aber wir sind voll belegt. Kein Zimmer frei!"

„Aber hören Sie doch", meint Josef, „meine Frau ist schwanger!"

Der Wirt: „Ja, aber dafür kann ich doch nichts!"

Josef: „Ja, glauben Sie etwa, ich?"

Drei Jungen streiten sich auf dem Schulhof, welcher Vater der coolere Typ ist. Sagt der erste: „Kennt ihr den Eiffelturm? Mein Vater hat ihn gebaut!"

Sagt der zweite: „Kennt ihr den Nord-Ostsee-Kanal? Mein Vater hat ihn gebuddelt!"

Prahlt der dritte: „Kennt ihr das Tote Meer? Mein Vater hat es umgebracht!"

„MISCHAEL"

AM MISCHPULT BEI DER NDR SOMMERTOUR

AMIGOS!

DREHARBEITEN: ICH HINTER DER KAMERA MIT DEN „AMIGOS"

BEI DER NDR SOMMERTOUR ALS „NEPTUN" VERKLEIDET

HIER IST SEITE 46! (KEIN WITZ!)

NUR INTER

Ehepaar Ackermann aus Hamburg macht Urlaub. Mit dem Auto geht es an die Nordsee.

Plötzlich Polizeikontrolle. „Ich muss Ihnen ein Strafmandat geben", sagt der Polizist.

„Was habe ich denn gemacht?", fragt Ackermann.

„Sie sitzen zu zweit in einem Fiat Uno!"

„Was ist das denn für ein Quatsch? Warum sollten wir nicht in einem Fiat Uno sitzen?"

Der Polizist: „Ich bin zwar Ostfriese, aber ich bin nicht dumm. Uno heißt eins, also darf hier nur einer drin sitzen! Zwei Leute in einem Fiat Uno kostet Bußgeld."

Ackermann empört: „Ich will sofort Ihren Vorgesetzten sprechen!"

„Das geht nicht. Der Chef diskutiert da hinten gerade mit fünf Leuten in einem Audi Quattro!"

4711

MAN KANN NICHT IMMER SIEGER SEIN: BEIM ARM-DRÜCKEN VERLIERE ICH GEGEN DEN XXL-OSTFRIESEN TAMME HANKEN

Kaffeeklatsch in Hamburg an der Elbchaussee, ein feines Damenkränzchen unterhält sich.

„Mein Geburtstagsgeschenk für meinen Mann kommt von 0 auf 100 in 5 Sekunden – ein BMW", meint die erste.

Die zweite Frau lächelt selbstsicher: „Mein Geschenk für meinen Mann kommt von 0 auf 150 in 5 Sekunden – ein Porsche!"

„Das ist ja noch gar nichts", meint die dritte Dame. „Mein Geschenk für meinen Mann kommt in 0 auf 200 in einer Sekunde!"

„Oh, sicher ein Ferrari?"

„Nein, eine Waage!"

BEI MANCHEN FRAUEN FRAGE ICH MICH: IST DAS SCHMINKE? ODER HABEN DIE BEIM PAINTBALL VERLOREN?

WITWE BOLTE MAL GANZ GROSS: NACH DER SENDUNG HINTER DER NDR BÜHNE

Fiete aus Hamburg sitzt spätabends beim Arzt. Der Arzt schimpft: „Hätten Sie nicht früher kommen können? Meine Sprechstunde ist lang vorbei!"

„Tut mir sehr leid, Herr Doktor", meint Fiete. „Aber der blöde Hund hat mich einfach nicht früher gebissen!"

GUT, DASS DIE WEHRPFLICHT ENDLICH ABGESCHAFFT IST. ALS ES SIE NOCH GAB, ERZÄHLTE MAN FOLGENDE GESCHICHTE:

Zwei Mütter treffen sich. Sagt die eine: „Ach, es ist zum Heulen. Kaum sind Söhne 18, werden Sie eingezogen!"
Sagt die andere: „Viel schlimmer ist es mit Töchtern. Kaum sind sie 16, werden Sie ausgezogen!"

MICHAELS RADIOSPRÜCHE

Manche Chefs behandeln ihre Angestellten wie rohe Eier. Sie hauen sie täglich in die Pfanne!

Eine Scheidung ist teurer als eine Hochzeit. Man hat aber auch länger etwas davon!

Ich trinke nicht mehr, rauche nicht mehr, esse nichts Süßes mehr und gehe nicht mehr fremd. Mein einziges Laster:

Ich lüge!

WENN FISCH ESSEN SCHLANK MACHT – DANN MACHEN WALE IRGENDETWAS FALSCH.

Ich kann essen, was ich will – ich nehme nicht ab!

Wenn ich nicht schlafen kann, zähle ich einfach bis drei. Okay, Zugegeben. Manchmal auch bis halb vier!

Äpfel zu essen statt Bier zu trinken, hat mein Arzt mir geraten. Für jedes Bier lieb einen Apfel? Aber 20 Äpfel am Tag kann doch auch nicht gesund sein, oder?

Wenn ein Mann seiner Frau die Wagentür öffnet, ist entweder der Wagen neu oder die Frau!

Die meisten Märchen fangen nicht an mit „Es war einmal ...“, sondern mit „Wenn ich gewählt werde ...“

Bei uns im Betrieb funktioniert alles elektrisch. Sogar beim Blick auf die Lohnabrechnung bekommen wir einen Schlag!

Zum Beginn einer grossen Liebe enden Telefongespräche mit “Ich Dich auch!“ Nach einigen Jahren heisst es dann: „Du mich auch!“

Kreuzworträtsel:
Lebensende mit drei Buchstaben? Ehe!

Frauen, die glauben, Männer seien zu einer liebevollen, innigen Beziehung nicht fähig, waren noch nie am Sonnabend in einer Autowaschanlage!

Ich habe die Figur eines Gottes. Unglücklicherweise die von Buddha!

Das Politikermotto: Nicht das Erreichte zählt, das Erzählte reicht!

Steuererleichterungen – wenn ich das schon höre. Am Ende werden immer wir Steuerzahler erleichtert!

Ich habe auf dem Golfplatz in Westerland 52 Schläge gebraucht. Dann bin ich zum zweiten Loch gegangen!

Solange Kakaobohnen an Bäumen wachsen, ist Schokolade für mich **Obst!**

RADIOSPRÜCHE

Ein Junggeselle ist ein Mann, dem zum Glück die Frau fehlt!

Ich bin Hobbyastronom - ich betrachte gern himmlische Körper!

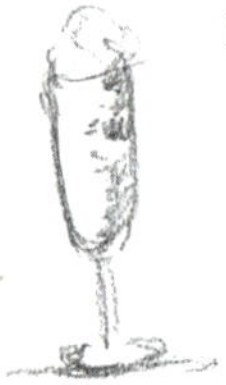

Ich mache jetzt gleichzeitig zwei Diäten. Von einer allein werde ich ja nie und nimmer satt!

Widersprich nie einer Frau! Warte fünf Minuten, und sie widerspricht sich selbst!

Ich esse nicht zu viel - ich gebe Kalorien ein neues Zuhause!

Ich gehe nie mehr nackt im Maschsee schwimmen. Die Karpfen sind so ausgehungert, die schnappen nach dem kleinsten Wurm!

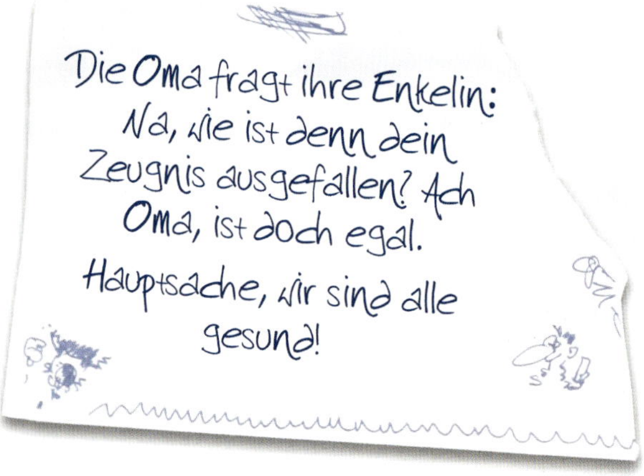

ICH ALS RIESENRAMMLER: DIES WAR DAS KOSTÜM EINER FERNSEHKOCHSHOW...

Frühmorgens am Flughafen Hannover, Flug nach Mallorca. Das Flugzeug ist gestartet. Als es seine normale Flughöhe erreicht hat, meldet sich der Pilot: „Guten Tag, meine Damen und Herren. Herzlich willkommen auf Ihrem Flug nach Palma de Mallorca. Wir haben jetzt unsere Flughöhe erreicht. Es ist wunderbares Flugwetter. Wir werden pünktlich ankomm... Oh mein Gott, so ein verdammter Mist!" Und dann: Stille!

Eisiges Schweigen im Flugzeug. Die Passagiere schauen sich angsterfüllt an. Blankes Entsetzen macht sich breit!

Gerade eben will Panik ausbrechen, da meldet sich der Pilot wieder: „Meine Damen und Herren. Hier spricht Ihr Kapitän. Verzeihen Sie bitte. Es ist nicht viel passiert. Mein Kollege, dieser Trottel, hat mir nur seinen Kaffee auf die Hose geschüttet. Sie sollten jetzt mal meine Hose von vorne sehen."

Schreit ein Passagier: „Sie Arschloch! Sie sollten meine Hose jetzt mal von hinten sehen!"

Ob ich mir das Trinken abgewöhne? Ich schwanke noch!

Kampfkunst: Für das Fernsehen kämpfe ich gegen einen Tae-Kwon-Do-Profi

Wette verloren: Ich als Pumuckl im Fernsehen

„Wie heißen Sie denn mit vollem Namen?“, fragt der Beamte im Rathaus.
„Michael Heinz Helmut Dieter Willi Thürnau.“
„Und wie werden Sie gerufen?“
„Dickerchen!“

Live immer ein Spaß: Meine Kochshow

Die Torte zum 15. Geburtstag von *„Bingo!“* im September 2012

Liebes Leid

In der Kantine sitzen zwei Kollegen beim Mittagessen. „Mann", sagt der eine, „ich hätte mal wieder Lust auf eine heiße Nacht mit der Blonden aus der Buchhaltung!"

„Wie", fragt der Kollege, „hattest du schon mal eine Nacht mit ihr?"

„Nein, aber Lust dazu hatte ich schon ein paar Mal!"

Ein ältere Frau radelt mit einem Rad durch Bremen – auf dem Gepäckträger zwei riesige Säcke. Aus dem einen fallen ständig 2 Euro-Münzen mit einem lauten „Pling" auf die Strasse. Das Rad schwankt hin und her, und so wird die Polizei auf sie aufmerksam.

Der Polizist hält sie an und sagt: „Na, gute Frau? Haben Sie einen Spielautomaten geknackt? Da fallen dauernd Münzen aus dem Sack auf die Strasse."

„Nein, Herr Wachtmeister", antwortet sie. „Ich habe einen Kleingarten da hinten am Weserstadion. Und immer wenn Werder spielt, pinkeln mir die Fußballfans an die Hecke. Ich bin so sauer, und wenn wieder einer pinkelt, nehme ich meine Heckenschere, halte sie an die offene Hose und sage: 2 Euro oder er ist ab!' Daher die Münzen!"

Der Polizist grinst: „Das ist aber eine tolle Methode, gute Frau. Aber was ist in dem anderen Sack?"

„Ja", grinst sie. „Es zahlen ja nicht alle!"

„Mein Mann behandelt mich wie einen Hund", klagt die flotte Ehefrau. „Er verlangt, ich soll ihm treu sein!"

Der junge Mann ist nach der heißen Liebesnacht schwer verliebt. „Ich bin wahnsinnig nach dir und will dich wiedersehen. Wie wäre es mit morgen Abend?

„Nein, Schatz, morgen heirate ich. Sagen wir übermorgen?"

Was haben eine Jungfrau und ein Beamter gemeinsam?

Beide warten verzweifelt auf den Ersten!

Warum kann man Politiker nicht auf BSE testen?

Für einen BSE-Test braucht man Proben von Hirn und Rückgrat!

Was haben Tauben und Politiker gemeinsam?

Solange sie unten sind, fressen sie dir aus der Hand. Wenn sie oben sind, scheißen sie auf dich!

Was ist die 08/15-Besoldung bei Beamten?

0 Ahnung, 8 Stunden Dienstzeit, A 15 Besoldung!

Was ist der Unterschied zwischen dem Eiffelturm und dem Bundestag?

Beim Eiffelturm sind die größten Nieten unten!

Was passiert, wenn Oskar Lafontaine Bundeskanzler in der Sahara wird?

Das erste Jahr nichts! Danach wird der Sand knapp!

KLUGE FRAGEN – K

KLUGE FRAGEN –

WARUM WAR ADAM DER GLÜCKLICHSTE MENSCH DER WELT?
– ER HATTE KEINE SCHWIEGERMUTTER!

Was ist der Unterschied zwischen einem Fuchs und einem Politiker?

Der Fuchs ist schlau und stellt sich dumm, beim Politiker ist es andersrum!

Was ist die größte Heuchelei?

Wenn ein Arzt dem Privatpatienten „Gute Besserung" wünscht!

Wie lauten die drei Worte, die Liebende auf ewig aneinander binden?

„Ich bin schwanger!"

Was haben Fallschirmspringer, Bombenentschärfer, Pilzsucher und Jungfrauen gemeinsam?

Sie können alle einen Fehler nur einmal machen!

Was ist der Unterschied zwischen Joghurt und einer Show bei RTL?

Joghurt hat Kultur!

Wie nennt man die beiden einzigen Formen von Freiheitsberaubung, die vom Staat toleriert werden?

Wehrdienst und Ehe!

Warum braucht ein Mann unbedingt eine Frau?

Irgendwann passiert doch mal etwas, für das er keinen Politiker verantwortlich machen kann!

War die Taube mit dem Zweig im Schnabel auf der Arche Noah männlich oder weiblich?

Männlich. Kein weibliches Wesen hätte so lange den Schnabel gehalten!

UGE ANTWORTEN KLUGE ANTWO

Wie nennt man die wenigen richtig ehrlichen Menschen im Bundestag?

Besuchergruppe!

Was ist ein norddeutsches Männerfrühstück?

Eine Flasche Korn, eine Kiste Bier, eine Mettwurst und ein Hund! Warum ein Hund? Einer muss ja die Wurst essen!

WIE NENNT MAN DIE BEFÖRDERUNG EINES BEAMTEN? BETTENWECHSEL!

Was heißt eigentlich „Smog im Schlafzimmer"?

Dicke Luft und kein Verkehr!

Was verstehen Männer unter „bei der Hausarbeit helfen?"

Die Beine anheben, damit sie drunter durchsaugen kann!

Was versteht man unter Wasserkraft?

Wenn Frauen so lange heulen, bis man ihnen alle Wünsche erfüllt!

WAS HAT SICH IN SACHEN „BIKINI“ IN DEN VERGANGENEN 50 JAHREN GEÄNDERT?

FRÜHER HIESS ES: ZIEH NICHT DEN KNAPPEN BIKINI AN! HEUTE HEISST ES: ZIEH WENIGSTENS DEN KNAPPEN BIKINI AN!

Was haben Modelleisenbahnen und Frauenbrüste gemeinsam?

Gemacht sind sie für Kinder, aber am liebsten spielen die Väter damit!

Warum nehmen die meisten 70jährigen Männer kein Viagra?

Fremdgehen tun sie nicht mehr, und für die eigene Frau wäre es zu teuer!

Warum sind in den meisten Restaurants drei Spiegeleier teurer als drei Rühreier?

Weil man Spiegeleier nachzählen kann!

Warum müssen sich Frauen eigentlich immer schminken und schön machen?

Weil Männer besser gucken können als denken!

Was ist der Unterscheid zwischen einem Theater und dem Deutschen Bundestag?

Im Theater werden gute Schauspieler schlecht bezahlt!

Woran merkt man, dass ein Politiker lügt?

Seine Lippen bewegen sich!

Ist es eigentlich ein Problem, dass Frauen täglich 30.000 Wörter sprechen und Männer nur 20.000?

Ja, denn abends nach Feierabend haben Männer ihre 20.000 Wörter schon gesprochen, und die Frauen fangen erst damit an!

Warum sprechen Männer im Schlaf?

Weil sie tagsüber bei ihren Frauen nicht zu Wort kommen!

ALS BABY VERKLEIDET AUF DER NDR SOMMERTOUR

Was ist der schönste Beruf der Welt?
Putzfrau im Bundestag. Die Politiker stauben alles selber ab!

Wie lautet der Name der drei Eisheiligen?
Langnese, Schöller, Mövenpick!

Was haben ein Computer und ein Ehemann gemeinsam?
Hätte man noch ein halbes Jahr gewartet, gäbe es was Besseres!

Gibt es eigentlich wirklich eine „Pille danach" für Männer?
Ja. Man nimmt sie vor dem Vaterschaftstest. Diese Pille verändert die Blutgruppe.

Was sagte der Architekt, als er den Auftrag für den Bau des Turms in Pisa bekam?
Wird schon schiefgehen!

Wie nennt man einen Zusammenstoß zwischen zwei Mercedes?
Krieg der Sterne!

Was ist der Unterschied zwischen einem Politiker und einer Batterie?
Eine Batterie hat auch eine positive Seite!

Was sagt heute eine 12jährige bei H&M zur Verkäuferin?
„Darf ich die Klamotten umtauschen, wenn sie meinen Eltern gefallen?"

Was macht eine Blondine, wenn der Computer brennt?
Sie drückt die Löschtaste!

Warum gibt es in der Schalker „Veltins Arena" Pommes nur in Tüten?
Die Schalker wissen nicht, wie man eine Schale hält!

Was ist der Unterschied zwischen Politikern und Terroristen?
Terroristen haben Sympathisanten!

Warum sollte ein Ehemann seine Fehler vergessen?
Es brauchen sich ja nicht zwei das Gleiche zu merken!

Was ist der Unterschied zwischen Sauron und Angela Merkel?
Sauron wäre gerne „Herr der Ringe", Angela Merkel wäre gern „Herr der Lage".

Warum macht der Geier im Zoo so ein trauriges Gesicht?
Weil kein Aas da ist!

MIT STEFAN RAAB BEI „TV TOTAL". ICH BIN IMMER EIN BELIEBTES OPFER!

Warum stehen Studenten um 7 Uhr auf?
Weil um 8 Uhr die meisten Läden dicht machen!

Was ist der Unterschied zwischen dem Bundestag und der Orgel im Hildesheimer Dom?
Im Bundestag sitzen die größeren Pfeifen!

Wie unterscheidet sich ein Tanga von einer Unterhose aus den 50er Jahren?
Früher musste man die Unterhose zur Seite schieben, um den Po zu sehen. Beim Tanga ist es umgekehrt.

Warum spielt Stefan Raab kein Verstecken?
Weil ihn keiner sucht!

Wie lautet die richtige Definition für ein perfektes Geschäft?
Ein Geschäft ist erst dann ein Geschäft, wenn man dem Finanzamt nachweist, dass es kein Geschäft war.

Warum ist „Polizeibeamter" der schönste Beruf der Welt?
Weil der Kunde immer Unrecht hat!

Was haben eine Samenbank und die Parteien gemeinsam?
Bei beiden sind die Spender meistens unbekannt!

Was ist wirklich paradox?
Manche Politiker sind käuflich – aber keiner will sie auch nur geschenkt haben!

Was haben Männer und Hunde gemeinsam?
Sie merken, dass man mit ihnen schimpft, sie wissen aber nicht, warum!

Was ist der Unterschied zwischen einem Konzertpianisten und einem Maikäfer?
Ein Pianist hat nur einen Flügel!

HEIRATEN EIGENTLICH AUCH KAMELE? EIGENTLICH HEIRATEN NUR KAMELE!

Pures Gold!

Zur Goldenen Hochzeit hat das Ehepaar eine Norwegen-Kreuzfahrt gebucht – und wie immer in den 50 Jahren tyrannisiert sie ihren Mann: Koffer schleppen, Andenken kaufen, kein Alkohol und nicht nach anderen Frauen schauen.

Bei kräftigem Seegang stehen die beiden nun an der Reling, das Schiff schwankt hin und her und sie füttert die Möwen. Immer wieder beugt sie sich weit über die Reling.

Der Stewart kommt vorbei und ermahnt sie: „Passen Sie bloß auf! Wenn Sie sich zu weit hinauslehnen, können Sie über Bord gehen!“

„Halten Sie sich raus“, schimpft der genervte Ehemann. „Ist das Ihre Frau oder meine?“

Gütetermin vor dem Scheidungsrichter. Nach der Verhandlung sagt der Richter: „Bauer Janssen, Ihre Frau verzeiht Ihnen und gibt Ihrer Ehe eine letzte Chance!“
„In Ordnung, Herr Richter“, sagt Bauer Janssen. „Ich nehme die Strafe an!“

62

Zwei ehemalige Schulkameraden treffen sich. „Mir hat man den Führerschein abgenommen“, klagt der eine. „Alkohol am Steuer!“
„Wie viele Promille hattest du denn?“
„Eins Komma drei!“
„Du Armer. Andere bekommen mit eins Komma drei einen Studienplatz!“

Messeschnellweg in Hannover, die A 37. Die Polizei stoppt ein Auto mit einem älteren Herrn am Steuer und zwei älteren Damen auf dem Rücksitz.

„Sie sind uns aufgefallen, weil Sie so langsam über die Autobahn schleichen", erklärt der Polizist. „Laut unserer Radarfalle sind Sie nur 37 km/h gefahren!" Der ältere Herr: „Aber auf dem Schild steht doch A 37, da muss ich doch auch 37 fahren!"

„Quatsch", meint der Polizist, „das ist doch nur ein Schild mit der Nummer der Autobahn!"

„Danke für den Hinweis", sagt der ältere Herr. „Kann ich weiterfahren?"

„Klar", antwortet der Polizist. „Aber sagen Sie mir noch eines. Die beiden Damen auf dem Rücksitz sind so bleich. Ist denen nicht gut?"

„Ach wissen Sie, wir kommen gerade von der Bundesstraße 217!"

Sagt die Ehefrau zu ihrem Mann: „Schatz, mit der neuen Brille siehst du echt komisch aus!" „Ich habe aber doch gar keine neue Brille!" „Du nicht, aber ich!"

WAS WÄREN FRAUEN OHNE MÄNNER?
– GLÜCKLICH!

BRINGT DIE EHE WIRKLICH MUSIK INS LEBEN?
– JA. MÄNNER LERNEN SCHNELL, DIE ZWEITE GEIGE ZU SPIELEN!

WAS IST DER UNTERSCHIED ZWISCHEN PERSIL UND EINER JUNGFRAU?
– PERSIL BLEIBT PERSIL!

WIE NENNT MAN DAS GESCHLECHTSTEIL EINES ELEFANTEN?
– DICKTIERGERÄT!

Warum lernt Angela Merkel plötzlich Italienisch?

Weil sie mit ihrem Latein am Ende ist!

Wie heißt die Lieblingsgruppe von Schizophrenen?

Ich & Ich.

Warum benutzen Beamte keine Papiertaschentücher?

Weil „Tempo" drauf steht!

Haben Vegetarierinnen wirklich schlechteren Sex?

Ja. Sie wollen nicht zugeben, dass ein kleines Stückchen Wurst so viel Spaß macht!

Was ist der Unterschied zwischen einer Jeans und dem Bundestag?

Bei der Jeans sitzen die Nieten draußen!

Was ist der Unterschied zwischen der NPD und einem Staubsauger?

Im Staubsauger ist nur ein Drecksack!

Was haben ein Trabbi und ein Kondom gemeinsam?

Beide behindern den Verkehr!

Was ist der Unterschied zwischen einem Kamel und einem Moderator?

Das Kamel kann sieben Tage arbeiten, ohne zu saufen!

Was rät der Arzt einem Patienten mit Gerstenkorn?

„Behalten Sie es im Auge!"

Was ist der Unterschied zwischen mir und Neuschnee?

Neuschnee kann morgens liegenbleiben – ich muss aufstehen!

„Als ich heute Morgen aus dem Fenster schaute, graute der Morgen!", schwärmt die Ehefrau.
Er knurrt zurück: „Dem Morgen, mein Schatz. Dem Morgen graute!"

------–-

heiter bis wolkig

Ein Mann ruft völlig aufgebracht beim Wetteramt an und meckert: „Sie mit Ihren Wettervorhersagen. Die Feuerwehr pumpt gerade 20 Zentimeter ‚heiter bis wolkig' aus meinem Keller!"

Zwei Mütter treffen sich vor der Schule.
„Hat Ihr Kind aus dem Ferienlager auch so viele Eindrücke mitgebracht?"
„Eindrücke eher weniger. Dafür viele Ausdrücke, und was für welche!"

------–-

Oma und Opa

Oma und Opa passen zum ersten Mal auf ihren Enkel auf. Oma spitzt die Ohren: „Was ist das denn da für ein Geräusch im Badezimmer?"

Opa geht nachschauen, kommt zurück und meint: „Das Baby klappert mit den Zähnen!"

„So ein Quatsch", sagt Oma. „Das Baby hat noch gar keine Zähne!"
„Stimmt", sagt Opa. „Es klappert ja auch mit deinen Zähnen!"

-----–-

Die feine Gesellschaft

Ein vornehmer Empfang im Golfclub, viele feine Gäste sind geladen. Nach dem üppigen Buffet treffen sich die Männer an der Bar.

Einer von ihnen meint: „Nach diesem Essen brauche ich jetzt etwas kaltes Bitteres!"

Sagt der Präsident: „Da kann ich Ihnen meine Frau empfehlen!"

Meine Fotogalerie

Mit Andrea Berg vor der Show

Bei den Sommertouren gibt es immer viele Verkleidungen

Live am Strand: Ich als Moderator der TV-Kult-Show *„Schaubude“*

Mit Olaf von den „Flippers“ (oben) und mit TV-Talker Yared Dibaba

Dreharbeiten für das Fernsehen im Zug auf Mallorca

„Eines verstehe ich nicht“, sagt der Richter zum Angeklagten. „Warum haben Sie nur das Geld gestohlen und den ganzen teuren Schmuck liegen lassen?“
Der Angeklagte: „Jetzt fangen Sie nicht auch noch an, Herr Richter. Meine Frau liegt mir mit derselben Frage auch schon in den Ohren!“

Zwei Kamele unter sich:
Ich auf Fuerteventura

Die Lehrerin in der Mädchenklasse ist völlig verzweifelt. Die jungen Damen wissen nichts.

„Also, ganz von vorn.“, sagt sie. „Was ist ein Komet?“
Keine Antwort von den jungen Damen.

„Versuchen wir es anders. Wie nennt man denn das, was von oben kommt, schön aussieht, strahlt und einen langen Schweif hat?“

„Pilot!“, jubeln die Schülerinnen.

Krach vor allen Gästen bei der großen Familienfeier. „Du bist einfach nicht gut im Bett!", schreit er seine Frau an.
Sie kontert: „Ich nicht gut im Bett? Wie willst du das denn immer in 15 Sekunden feststellen?"

15 Sek

Kindermund

Diese Geschichte habe ich bei einer grossen Tournee immer zu Beginn des Abends erzählt:

Ich habe gerade Urlaub auf Mallorca gemacht. Tolles Hotel, tolles Wetter, alles perfekt. In dem Hotel war auch ein Ehepaar aus Hamburg, mit zwei entzückenden Kindern. Wohlerzogen, pfiffig und mit diesem typischen Hamburger Charme. Die beiden Jungs, fünf und sieben Jahre alt, waren bald die Lieblinge aller Hotelgäste. Sie hatten nur einen Nachteil: Sie waren unheimlich wissbegierig. Von morgens bis abends fragten sie jede Frage der Welt. „Mama, warum können Vögel fliegen und fallen nicht runter? Papa, warum ertrinken Fische nicht im Wasser?"

Und ich war ein beliebtes Opfer der beiden Jungs. Den ganzen Tag löcherten sie mich mit Fragen. Am dritten Urlaubstag brauchte ich etwas Ruhe und floh in die Hotelsauna. Kaum begann ich, bei 95 Grad zu schwitzen, als die Tür aufging. Wer kam herein? Die beiden Jungs aus Hamburg.

Die Fragerei ging also in der Sauna weiter: „Warum hast du so große Füße?"

Ich konnte auch nicht genau erklären, warum ich große Füße habe und sagte: „Also, ich bin Mitte 40, und wer über 40 Jahre lang viel zu Fuß geht, bekommt nach über 40 Jahren vom vielen Laufen große Füße!"

„Und warum hast du so einen dicken Bauch?"

„Wenn man über 40 Jahre zu viel isst, bekommt man nach über 40 Jahren vom vielen Essen einen dicken Bauch!"

Da kommt der jüngere der beiden Hamburger Jungs ganz nah zu mir, ich war ja splitternackt, beugt sich vor zu mir und sagt grinsend: „Viel Pipi gemacht hast du aber nicht!"

„Warum nennen wir unsere Sprache eigentlich Muttersprache?“, fragt die Lehrerin.
Der kleine Michael: „Weil Vati nie zu Wort kommt!“

Zwei Bauern stehen im Dorfkrug an der Bar und prahlen.

„Ich habe den Fuchs, der meine Gänse holen wollte, mit blossen Händen gefangen“, sagt der eine.

„Und ich habe mit der Mistgabel einen Flieger runtergeholt“, kontert der andere.

„Alle Achtung. Einen Flieger mit der Mistgabel. Vom Himmel herunter?“

„Nein. Von meiner Frau!“

„Hat denn das Abführmittel geholfen?“, fragt der Arzt den Patienten.
„Ja, zweimal!“, stöhnt der Mann.
„Zweimal? Wieso nur zweimal?“
„Einmal von zehn bis vier Uhr morgens und einmal von fünf Uhr früh bis mittags!“

Die resolute Elsbeth steht am Herd und brät gerade ein Spiegelei, als sich die Küchentür öffnet. Ihr Mann Herbert springt zum Herd und schreit:

„Achtung, mehr Öl. Viel mehr Öl. Und Pfeffer, mein Gott. Wo ist der Pfeffer? Jetzt wenden. Vorsicht, pass doch auf! Und dann Salz. Und mehr Öl!“

Elsbeth ist völlig genervt und meckert:

„Sag mal, tickst du noch richtig? Glaubst du, ich kann kein Spiegelei braten?“

Herbert grinst: „Jetzt siehst du mal, wie ich mich beim Autofahren mit dir als Beifahrerin fühle.“

Auch im Winter wird Fernsehen live von draußen gesendet: Ich mit der *„Schaubude"* in Heide/ Holstein

Familie Jansen aus Lübeck hat im Lotto gewonnen und geht zum ersten Mal richtig fein essen – ins beste Restaurant der Stadt.
Nach einem Blick in die Speisekarte mault Jansen: „Wachtelei auf Pastinakencreme, Aalcreme auf Buchweizen, Kaviar auf Kräuterblinis ... haben die eigentlich keine Teller hier?"

Diamantene Hochzeit bei Heinz und Olga in einem kleinen Dorf auf dem platten Land. Er ist ein herzensguter Mensch, überall beliebt. Olga hingegen gilt überall als Drachen, die ständig nörgelt.

Alle sind bei der Feier dabei, die Familie, der Pastor, der Bürgermeister. Und natürlich hat auch die Lokalzeitung ihren Reporter geschickt. Der macht sein Foto vom Paar und fragt ihn: „60 Jahre sind eine so lange Zeit. Was waren ihre schönsten Ehejahre?“

Heinz schaut auf seine Olga, seufzt und antwortet: „Die fünf Jahre russischer Gefangenschaft!“

Ein Ehepaar macht Urlaub in den Bergen.
Beim Blick auf das herrliche Alpenpanorama schwärmt die Ehefrau: „Es ist herrlich. Die Landschaft macht mich sprachlos!“
Er: „Wunderbar. Dann bleiben wir vier Wochen!“

Hilde und Wolfgang wollen zur Goldenen Hochzeit eine Kreuzfahrt buchen. Im Reisebüro fragt die sympathische Mitarbeiterin: „Und was soll es sein? Eine Kabine oder getrennte Kabinen? Ein großes Bett oder zwei getrennte Betten?"
„Wenn es nach mir geht", knurrt Wolfgang, „am besten getrennte Schiffe!"

HAMBURG, VOLKSPARKSTADION, NORDDERBY HSV GEGEN WERDER. IN DER SCHLANGE STEHT EIN KLEINER JUNGE.
„WO HAST DU DENN DIE KARTE HER?", FRAGT DER KONTROLLEUR.
„VON PAPA!".
„AHA, VON PAPA. UND WO IST PAPA?"
„ZU HAUSE. DER SUCHT DIE KARTE!"

KAVALIERE

~~lieXXXXglück~~ Liebeskummer bei der schönen Antje in Ostfriesland. „Zum Abschied schenkte er mir eine Rose und füsterte, er käme wieder, wenn die Rose verblüht sei!"
„Aber das ist romantisch, mein Kind", tröstet die Mutter.
„Von wegen romantisch - es war eine Plastikrose."

Mit meinem Kollegen Thomas Stahlberg

EINE BESORGTE FRAU BEIM ARZT. „HERR DOKTOR, ICH HABE GESTERN VERSEHENTLICH EIN ZWEI-EURO-STÜCK VERSCHLUCKT. UND IN DER TOILETTE FINDE ICH JETZT IMMER EIN-CENT-STÜCKE!"
„KEIN WUNDER", SAGT DER ARZT, „SIE SIND IN DEN WECHSELJAHREN!"

Der Psychiater mit ernster Miene: „So, nun mal ganz in Ruhe, Herr Thürnau. Wann haben Sie zum ersten Mal gemerkt, dass es Ihnen Spaß macht, Steuern zu zahlen?“

„Keine Bange“, sagt der Arzt zur bildschönen jungen Patientin.

„So ein Tripper ist kein Beinbruch mehr. Erstmal werden wir den Krankheitserreger abtöten!“

„Um Gottes willen, Herr Doktor, tun Sie das nicht! Wir wollen nächsten Monat heiraten!“

„Lass uns doch heute Abend mal ausgehen und uns so richtig amüsieren mit allem Drum und Dran“, flötet die Ehefrau.

„Super Idee“, meint ihr Mann. „Und wenn du vor mir zu Hause bist, lass doch bitte das Licht im Hausflur an!“

Achtung,

„Sie müssen dringend aufhören zu rauchen, zu trinken, mit den Frauen und dem fetten Essen", sagt der Arzt zum Patienten.
„Und dann werde ich 100 Jahre alt?"
„Nein, aber es wird Ihnen so vorkommen!"

Der Arzt zum erschöpften Patienten: „Machen Sie es wie Ihre Frau, machen Sie mittags einen Mittagsschlaf!"
„Ich werde mich hüten, Herr Doktor. Dann verschlafe ich ja die einzige ruhige Stunde am Tag!"

Der Arzt zum Patienten: „Sie müssen sich geirrt haben. Ich bin Arzt für Frauenleiden!"
Der Patient genervt: „Das ist es ja, Herr Doktor. Ich leide unter meiner Frau!"

Der Arzt zum Patienten: „So, noch eine Behandlung, dann haben wir es geschafft!"
Der Patient strahlt: „Und dann bin ich wieder ganz gesund?"
„Nein, natürlich nicht. Aber dann habe ich mein Haus abbezahlt!"

Arzt zur Patientin: „Na, was macht Ihr altes Leiden?"
„Ist zur Arbeit, Herr Doktor!"

Arzt!

Sagt der Mann zum Psychiater: „Herr Doktor, ich habe schreckliche Angst um mein Geld!"
„Keine Sorge, das haben wir gleich!"

Eine Landarztpraxis in Norddeutschland. Der Patient will seine Ernährung umstellen und fragt den alten Hausarzt: „Ist Aal eigentlich gesund?"
„Ich denke schon", knurrt der Arzt. „Jedenfalls war bei mir noch keiner in der Sprechstunde!"

Ein Mann kommt zum Arzt, weil er seit Wochen nicht mehr schlafen kann.

„Ich verschreibe Ihnen Viagra", meint der Arzt lächelnd.

„Viagra? Kann ich davon einschlafen?"

„Nein", sagt der Arzt, „aber das Wachbleiben ist schöner!"

Die junge Ehefrau ist charmant, witzig und wunderschön. Ihr einziger Fehler: Sie kann überhaupt nicht kochen. Um ihrem Mann einen Gefallen zu tun, versucht sie aber jeden Abend wieder, ihm etwas Leckeres zu zaubern.

Eines Abends meint er genervt: „Schatz. Stell den Backofen mal auf 280 Grad, damit das Essen schneller anbrennt. Wir kommen sonst zu spät zum Italiener!"

Vier herrliche Wochen war die streitlustige Ehefrau zur Kur – sehr zur Freude ihres Ehemannes.

Abends in der Kneipe fragt sein Kumpel: „Und? Ist deine Frau wieder da?"

„Ja", seufzt der Gefragte. „Leberleidend fuhr sie zur Kur, leider lebend kam sie zurück!"

Zwei Freundinnen gehen zum Einkaufen und geben furchtbar viel Geld aus.

„Dein Kleid ist aber auch der letzte Schrei ...", schwärmt die eine.

„Der vorletzte. Den letzten macht mein Mann, wenn er die Rechnung sieht!"

„Mein Mann hat immer Glück", wundert sich die herrschsüchtige Ehefrau. „Gestern schließt er eine Unfallversicherung ab, heute überfährt ihn ein Laster!"

Der Ehemann seufzt am Vorabend seiner Goldenen Hochzeit: „Ach, war es früher schön. Wenn ich damals nach Hause kam, bellte der Hund laut und meine Frau brachte mir die Hausschuhe.

Heute komme ich nach Hause, der Hund bringt mir die Schuhe und ....“

Drei ältere Damen treffen sich zum Kaffeeklatsch im ehrwürdigen Kurcafé in Bad Nenndorf. Und eine versucht die andere zu übertreffen.
Die erste klopft auf Holz und sagt: „Ich bin schon 70 Jahre und habe noch keine weißen Haare. Hoffen wir, dass das so bleibt!“
Die zweite klopft auf Holz und sagt: „Ich bin schon 80 Jahre und habe noch keine falschen Zähne. Hoffen wir, dass das so bleibt!“
Die dritte klopft auf Holz und sagt: „Ich bin schon 90 Jahre, und immer noch Jungfrau. Hoffen wir, dass das so bleibt!“

„WIE GEHT ES IHNEN?“, FRAGT DER ARZT
„SCHLECHT“, SAGT DIE PATIENTIN.
„ICH HABE NICHT EINMAL MEHR LUST AUF DAS, WAS SIE MIR VERBOTEN HABEN!“

Polizeikontrolle in Hamburg. Der Autofahrer hat mächtig getankt, lallt aber: „Ich habe nur Tee getrunken!“
Der Polizist schlagfertig: „Dann haben Sie aber wenigstens 1,9 Kamille!“

Reparaturen

Bitte melden Sie Reparaturen an der Rezeption.

Restaurant

Unser Restaurant ist ab 11:00 Uhr durchgehend für Sie geöffnet. Warme Küche bieten wir von 14:00-18:00 Uhr, sowie von 18:00-22:00 Uhr an.

Rezeption

Die Re… …6:00-
22:00 Uh… …s 24

Dreharbeiten für einen Werbespot am Strand von Pelzerhaken

Drei Männer treffen sich in der Kneipe.

„Ich möchte gerne so klug sein, wie meine Mutter immer meint, dass ich es wäre!", sagt der eine.

„Und ich möchte so reich sein, wie meine Kinder meinen, dass ich es bin!", stöhnt der zweite.

Der dritte seufzt: „Und ich möchte so viele Frauen haben, wie meine Frau es vermutet!"

Eine Ehefrau leidet seit Jahren unter Kopfschmerzen. Keine Tabletten helfen, und so geht sie zu einem Wunderheiler. Der rät ihr, bei Kopfschmerzen mit den Daumen fünf Minuten ihre Schläfen zu reiben und dabei laut zu sagen: „Ich habe keine Kopfschmerzen, ich habe keine Kopfschmerzen, ich habe keine Kopfschmerzen!"

Sie probiert es gleich aus, und tatsächlich. Es hilft, keine Kopfschmerzen mehr.

Aufgeregt geht sie zu ihrem Mann, mit dem schon seit Jahren im Bett nichts mehr läuft. „Geh doch auch mal zu dem Wunderheiler, vielleicht bringt er dir deine Manneskraft zurück!"

Also geht auch er zum Heiler, und von diesem Abend an ist er wieder ganz der Alte. Mehrfach verschwindet er jede Nacht für fünf Minuten im Bad und beglückt dann seine Frau.

Sie ist begeistert und will herausfinden, was der Wunderheiler ihrem Mann wohl geraten hat und was er in den fünf Minuten im Bad macht.

Am nächsten Abend, bevor es im Schlafzimmer romantisch wird, öffnet sie die Tür zum Badezimmer einen Spalt. Auf dem Badewannenrand sitzt ihr Mann, reibt sich mit den Daumen die Schläfen und sagt: „Sie ist nicht meine Frau, sie ist nicht meine Frau, sie ist nicht meine Frau ..."

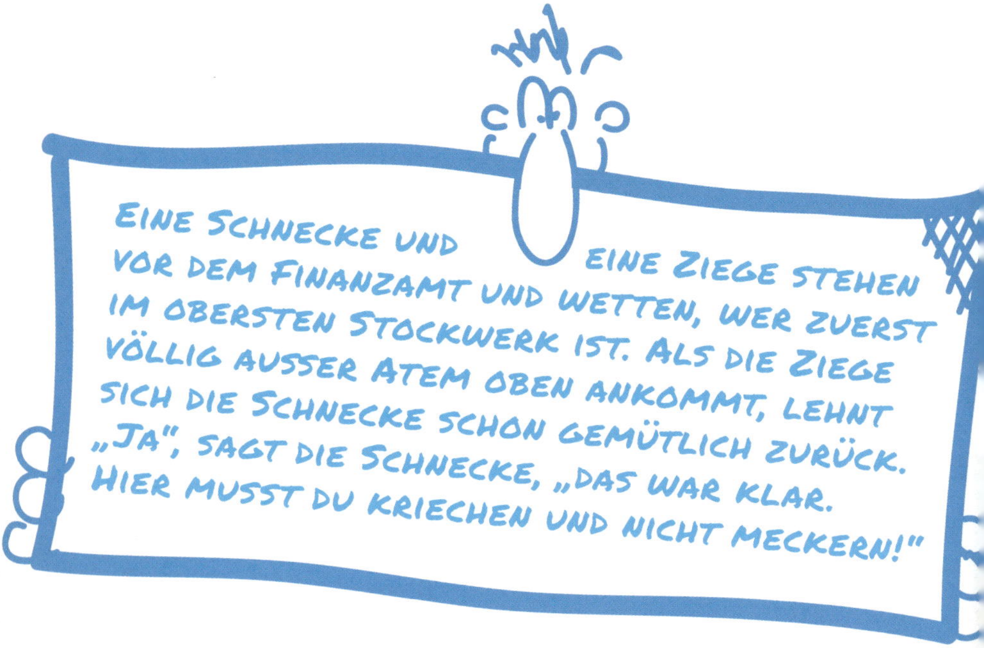

Lukas Podolski ist Vater eines Sohnes geworden. Als der Kleine in den Kindergarten kommt, nimmt er ihn zur Seite und sagt: „Wenn die anderen erfahren, dass du der Sohn von Lukas Podolski bist, dann geht das Gerede los. Es klingt so arrogant, wenn du sagst, mein Papa ist Lukas Podolski. Wenn einer dich fragt, wer du bist, sagst du einfach deinen Namen und nichts von mir!“

Es kommt der erste Tag im Kindergarten. Die Erzieherin liest die Namen aller Schüler vor und stutzt: „Bist du nicht der Sohn von Lukas Podolski?“

Darauf der Kleine: „Das dachte ich auch, aber Papa sagt ‚nein‘!“

Stehen zwei Schweine auf dem Bauernhof. Sagt das eine: Was aus uns wird, ist doch Wurst …

Wahlkampf in Hamburg, und am Stand steht Gregor Gysi. Eine Rentnerin geht vorbei, stolpert und fällt der Länge nach auf den Fußweg. Sofort läuft Gysi hin und hilft ihr auf die Beine. „Dafür müssen Sie mich am Sonntag aber auch wählen", lächelt er.

„Von wegen", poltert die alte Dame. „Sie haben doch gesehen, ich bin auf den Hintern gefallen und nicht auf den Kopf!"

Der Männerkegelclub aus Hamburg macht Urlaub am Ballermann auf Mallorca. Im berühmten „Bierkönig" macht sich Fiete an eine deutsche Touristin ran. Der Alkohol löst die Zunge, und Fiete lallt: „Du bist echt eine tolle Frau, aber Du hast wenig Holz vor der Hütte!"

Sie schlagfertig: „Wird schon reichen, um dein kleines Würstchen zu grillen!"

Zwei Väter von Töchtern im Teeniealter treffen sich. „Na, wie ist es mit Ihrer Tochter?“, fragt der eine.
„Ach, die spielt Fledermaus!“
„Wieso denn Fledermaus?“
„Nachts flattert sie durch die Gegend und tagsüber hängt sie rum!“

Ein Politiker macht im Regierungsviertel einen Abendspaziergang. Plötzlich kommt ihm ein maskierter Mann entgegen, bedroht ihn mit der Pistole und ruft: „Gib mir dein Geld!“
Der Überfallene stammelt: „Das können Sie nicht machen. Ich bin Bundestagsabgeordneter!“
„Wenn das so ist: Gib mir mein Geld!“

Das Paar ist jung verheiratet. Sie ist klug, schön, reizend, kann aber überhaupt nicht kochen. Am ersten Abend nach der Hochzeitsreise kommt er heim, schaut und fragt: „Sag mal, gibt es nichts anderes zu essen als ein Wurstbrot?“
Schluchzt sie: „Mir ist das Kotelett angebrannt. Als ich die Pfanne vom Herd nahm, fiel es in den Rumpudding. Da musste ich mit der Suppe löschen!“

Treffen sich zwei Kollegen in der Kantine. „Stell dir vor“, meint der eine. „Meine Schwiegermutter war in Wien und ist von einem Auto überfahren worden!“
Der andere lächelt und sagt mit verträumten Blick: „Wien bleibt Wien!“

Ein Mann kommt zum Arzt. Nach der gründlichen Untersuchung kommt die Diagnose: „Sie haben Kalk in den Arterien, Steine in den Nieren, Wasser in den Beinen ...“
„Stopp“, ruft der Patient. „Wenn ich jetzt Sand im Kopf habe, fange ich morgen an zu bauen!“

Dithmarscher Kohl

Eine Bäuerin aus Dithmarschen fährt zum ersten Mal nach Hamburg. Im feinen Alsterhaus geht sie einkaufen und steigt in den Fahrstuhl.

Im ersten Stock öffnet sich die Tür, eine aufgetakelte Frau im Pelzmantel steigt ein und bringt eine Wolke schweren Parfums mit. Arrogant zieht sie die Augenbraue hoch und sagt hochnäsig: „Dolce & Gabbana, ~~1XXXX~~ 100 Milliliter für 50 Euro!“

Im ~~X~~ nächsten Stock öffnet sich die Tür erneut. Eine weitere aufgedonnerte Blondine in teurer Kleidung, auch sie mit einer Parfumwolke! Herablassend sagt sie zu der Bäuerin: „Chanel No 5, 50 Milliliter für 100 Euro!“

Im dritten Stock hält der Fahrstuhl wieder. Bevor sie aussteigt, lässt die Bäuerin einen gewaltigen Furz sausen und sagt trocken: „Dithmarscher Kohl von Aldi, 200 Gramm für 99 Cent!“

DUNKLE NACHT, es stürmt, regnet und gewittert. Es klingelt an der Haustür. Der Hausherr macht auf. Draußen steht völlig durchnässt seine Schwiegermutter. „SCHWIEGERMUTTER“, sagt er, „warum stehst du denn bei diesem Gewitter mitten in der Nacht im Regen vor unserer Haustür? Geh doch nach Hause!“

Wenn die Polizei wirklich mein Freund und Helfer wäre, dann würde Sie mal vorbeikommen, das Bad putzen, die Spülmaschine ausräumen und das Wohnzimmer saugen!

Für das Fernsehen geschminkt als alter Mann

KENNEN SIE DEN UNTERSCHIED ZWISCHEN TOPFSCHLAGEN UND EINER HEISSEN NACHT?
DANN MACHEN SIE WEITER TOPFSCHLAGEN!

Unterhaltung an der Supermarkt-Kasse. „Glückwunsch zur Silberhochzeit, meine Liebe. Was reizt dich nach 25 Jahren Ehe eigentlich noch an deinem Mann?" Blitzschnell kommt die Antwort: „Jedes Wort!"

Landarztpraxis. Seit langer Zeit ist Bauer Harms mal wieder in der Sprechstunde. Der Arzt runzelt die Stirn: „Sie haben ein chronisches Leiden. Es wird schwer sein, das loszuwerden!“

Flüstert Harms: „Ich weiß, Herr Doktor. Aber seien Sie leise. Sie sitzt im Wartezimmer!“

Ende der Sommerferien auf Sylt. Nach dem Essen sagt der Gast zum Ober: „Schade, dass wir Ihr Restaurant nicht früher entdeckt haben!“

„Dann wären Sie bestimmt öfter gekommen“, strahlt der Ober.

Der Gast trocken: „Nein, dann wäre der Fisch eventuell noch frisch gewesen!“

Nach fünf Jahren Gefängnis wird der Häftling entlassen. An der Pforte fragt der Aufseher: „Und was machen Sie jetzt nach Ihrer Entlassung?“

Der Entlassene lächelt: „Ich heirate nächsten Monat!“

Der Aufseher runzelt die Stirn: „Oh Mann, Sie haben ja eine komische Vorstellung von Freiheit!“

Hochsaison auf Borkum, alle Hotels sind ausgebucht, die letzte Fähre hat abgelegt, und ein Mann sucht verzweifelt ein Zimmer. Überall heißt es nur: Ausgebucht! Auch im vornehmen Strandhotel fragt er nach, seine letzte Chance.

„Sagen Sie, wenn jetzt der Bundespräsident käme, hätten Sie dann noch ein freies Zimmer?“

Der Portier: „Der Bundespräsident? Aber selbstverständlich!“

„Geben Sie mir das Zimmer. Der Präsident kommt nicht!“

FRÜHLING

FRÜHLING IN HUSUM, DAS PAAR SITZT AUF DER BANK UND SCHAUT AUF DIE BLÜHENDEN KROKUSSE. ER IST VÖLLIG ERREGT UND WILL SIE UNBEDINGT VERFÜHREN.

„DU ERINNERST MICH AN EINEN TORERO“, SAGT SIE.

„WIESO? WEIL ICH SO FEURIG BIN?“

„NEIN, DU STIERST SO!“

Reine Chefsache

„Sie können jetzt nicht zum Chef, der hat schlechte Laune“, sagt die Sekretärin zum Besucher.

„Dann komme ich wieder. Wann hat er denn bessere Laune?“

„Keine Ahnung“, sagt die Sekretärin. „Ich arbeite erst zwei Jahre hier!“

Ohne Herrschaft

Freitagabend im Dorfkrug, Skatrunde. Einer der Männer klagt: „Heute habe ich die Herrschaft über mein Auto verloren!“

„Ach du Schande“, fragt der Wirt. „Unfall? Zu schnell gefahren?“

„Nein, aber mein Sohn hat seinen Führerschein bestanden!“

Spiel mit dem Feuer

Der Eheberater versucht verzweifelt, die Liebe eines Paares zu retten. Doch die beiden sind wie Feuer und Wasser.

Schließlich fragt er: „Wann hatten Sie denn zum letzten Mal Sex?“

Sie schaut ihn an und sagt: „Also, ich gestern. Und du?“

Livesendung von RTL, gesucht wird „Das Supertalent!“. Der Moderator stellt einen Mann vor, der im Trikot vom HSV und mit einem Hund auf die Bühne kommt.

„Was kann denn Ihr Hund?“

„Mein Hund macht einen Salto, wenn St. Pauli ein Tor schießt!“

„Das ist aber erstaunlich“, meint der Moderator. „Ein Salto, wenn St. Pauli ein Tor schießt, dabei sind Sie doch ein Fan vom HSV. Ist das denn ein Vorwärts- oder ein Rückwärtssalto?“

„Das kommt ganz drauf an, wo ich ihn treffe!“

Riesentheater

Durch die Fußgängerzone von Hannover wankt spät nachts ein Betrunkener. Eine Polizeistreife geht auf den Mann zu.

„Na, wo wollen Sie denn so spät und in diesem Zustand noch hin?“

„Ich geh' ins Theater!“

„Ins Theater?“, fragt der Polizist. „Mal ehrlich, um diese Zeit ist das Theater doch schon lange vorbei!“

Lallt der Mann: „Na, da kennen Sie meine Frau aber schlecht!“

Klassentreffen

Zwei Frauen beim Klassentreffen. „Du hast an einem Freitag, dem 13. geheiratet? Bist du gar nicht abergläubisch?“

Darauf die andere: „Doch, seit jenem Freitag schon ...!“

ZWEI ALTE DAMEN TREFFEN SICH IM CAFÉ. „DIE JUGEND HEUTE“, SCHIMPFT DIE EINE. „VERDORBEN, SCHAMLOS, VERGNÜGUNGSSÜCHTIG!“

„STIMMT“, SEUFZT DIE ZWEITE. „JUNG MÜSSTE MAN SEIN ...“

Der Traumjob

Der Chef raunzt die Sekretärin an: „Sie können doch nicht am Arbeitsplatz schlafen!“

Die raunzt zurück: „Wieso? Wer hat mir denn einen Traumjob versprochen?“

Meine gesammelten KNEIPENSPRÜCHE

Ich bin die meiste Zeit des Jahres unterwegs. Nichts ist unpersönlicher als ein Hotelzimmer – so toll das Hotel auch sein mag. Also gehe ich gerne spätabends auf einen Wein oder ein Bier in die Kneipe. Dabei habe ich in den vergangenen 30 Jahren viele Kneipensprüche gesammelt.

Hier eine kleine Auswahl.

BIER TRINKEN IST BESSER ALS QUARK REDEN!

BIERTRINKER SIND BESSERE LIEBHABER, MILCHTRINKER BESSERE SÄUGLINGE!

Kein Alkohol ist auch keine Lösung.

Man kann auch mit Alkohol fröhlich sein.

Wo früher eine Leber war, ist heute eine Minibar.

Alkohol tötet langsam. Wir haben also noch viel Zeit.

ALKOHOL IST KEINE LÖSUNG – MILCH ABER AUCH NICHT.

MARKE
Hemelinger
REICHT DOCH!

LIEBER HIMBEERGEIST ALS GAR KEINEN VERSTAND

MÜDE BIN ICH, GEH ZUR RUH, DECKE MEINEN BIERBAUCH ZU! BITTE LASS DEN KATER MEIN MORGEN NICHT SO FURCHTBAR SEIN. BITTE GIB MIR WIEDER DURST! ALLES ANDERE IST MIR WURST!

Auch ein umgeschüttetes Bier ist Alkoholmissbrauch.

BIST DU BEIM BIER, SO BLEIBE DABEI. DEINE FRAU SCHIMPFT UM ZEHN GENAUSO WIE UM ZWEI.

Alkohol macht gleichgültig. Aber das ist mir egal.

Bier macht schön - darum schminken sich Männer nicht!

LIEBER KORN IM BLUT ALS STROH IM KOPF.

DER KLÜGERE KIPPT NACH.

ALLE MERKEN, WENN ICH WAS GETRUNKEN HABE. KEINER MERKT, WENN ICH DURST HABE.

DER KLUGE MENSCH, SO GLAUB ES MIR,
DER REDET NICHT UND TRINKT SEIN BIER.

WIR TRINKEN SCHNAPS, WIR TRINKEN BIER,
IM SITZEN, STEHN UND LIEGEN.
UND WENN WIR EINMAL ENGEL SIND,
DANN TRINKEN WIR IM FLIEGEN.

GUT TRINKEN IST GAR NICHT SCHLECHT.

DU LIEBER GUTER ALTER MOND,
HAST KEINEN GRUND ZUR KLAGE!
ZWÖLF MAL IM JAHR BIST DU NUR VOLL.
WIR SIND'S BALD ALLE TAGE!

AUCH WASSER IST EIN NOBLER TROPFEN,
MISCHT MAN ES MIT MALZ UND HOPFEN.

Man kann trinken und trinken und trinken ... und wird einfach nicht für voll genommen!

LEGT EUER GELD IN BIER AN. WO SONST GIBT ES FÜNF PROZENT!

Halb betrunken ist rausgeschmissenes Geld.

NÜCHTERN BIN ICH SCHÜCHTERN, VOLL BIN ICH TOLL.

IM LEBEN MEIST NUR DER GEWINNT,
DEM BIER DURCH SEINE KEHLE RINNT.

DURST WIRD DURCH BIER ERST SCHÖN!

SCHLIMMER ALS KEIN BIER IST NUR KEIN DURST!

BIER MACHT KEINE ROTWEINFLECKEN!

BIER IST DAS BESTE GEMÜSE!

Schwer angetrunken wankt der Ehemann lange nach Feierabend ins Wohnzimmer.

Fragt sie: „Wo warst du denn schon wieder?“

Er lallt: „Mit einem Kollegen was kaufen!“

„Konderbar, konderbar!“

„Wieso sagt du konderbar?“

„Du sagst ja auch: kaufen!“

„Wie haben Sie sich das denn mit der Scheidung vorgestellt?“, fragt der Anwalt die Mandantin.

„Ach, ganz einfach“, sagt sie. „Ich übernehme die Schuld, mein Mann die Schulden!“

Großer Familienkrach, weil der Hausherr die Schwiegermutter beleidigt hat. Sie verklagt ihn, und der Richter spricht das Urteil: „Sie dürfen zu Ihrer Schwiegermutter nie wieder sagen, ihr Gesicht sehe aus wie ein Hintern!“

Am nächsten Morgen sitzt die Schwiegermutter triumphierend am Frühstückstisch und schlürft ihren Kaffee!

Er schaut sie an, grinst und fragt: „Na, schmeckt der Einlauf?“

Streit am frühen Morgen in der Metzgerei. Der Lehrling macht alles falsch. Voller Wut nimmt der Fleischer eine Leberwurst und wirft sie nach dem Lehrling. Der duckt sich – „klatsch“, und die Wurst fliegt der Chefin an den Kopf.

Sagt der Fleischer: „Auch nicht schlecht!“

„WAS HABEN SIE GEMACHT, BEVOR SIE GEHEIRATET HABEN?
„WAS ICH WOLLTE!“

Nach vielen Jahren treffen sich zwei Schulfreundinnen wieder.

„Sag mal, wie ist denn dein Sexualleben so?", fragt die eine.

„Hör bloß auf", mault die andere. „Gestern packt mich mein Mann am helllichten Tag, wirft mich auf die Kühltruhe, reißt mir die Kleider vom Leib und vernascht mich!"

„Wow", staunt die Freundin, „das ist doch toll, nach all den Jahren noch so viel Leidenschaft!"

„Eigentlich schon. Aber bei dem Aldi können wir nie wieder einkaufen gehen!"

Nach vielen Ehejahren will Frau Müller mal ein wenig Schwung in ihr Liebesleben bringen. Sie schminkt sich, setzt eine Perücke auf, wirft sich in Minirock und hohe Stiefel. So angezogen, wartet sie vor dem Büro auf ihren Mann.

Als der aus der Tür kommt, haucht sie: „Na Süßer, wie wäre es denn mit uns beiden?!"

Der knurrt: „Hau bloß ab. Du erinnerst mich viel zu sehr an meine Frau!"

„Na, wie lief die Scheidung", fragt eine Frau ihre Kollegin.

„Bestens. Ich bekomme das Haus, er das Auto!"

„Und das ganze Vermögen?"

„Das teilen sich unsere Anwälte!"

NUMMER VIER

„Sie sehen aus wie meine vierte Frau", strahlt der ältere Mann die junge Frau an.

„Mein Gott, wie oft waren Sie denn schon verheiratet", fragt sie.

Er trocken: „Dreimal!"

GANZ SPEZIELL

„Herr Ober", sagt der Gast. „Was ist der Unterschied zwischen dem ‚Schnitzel' und dem ‚Schnitzel spezial'?"

„Ganz einfach", meint der Ober. „Zum ‚Schnitzel spezial' bekommen Sie ein schärferes Messer!"

„PAPA", FRAGT DER SOHN, „WAS IST EIGENTLICH VERLOBUNG?"

„DAS IST SO, ALS WENN ICH DIR ZU WEIHNACHTEN EIN FAHRRAD SCHENKE, ABER DU DARFST ERST OSTERN DAMIT FAHREN!"

„DARF MAN DENN WENIGSTENS SCHON MAL KLINGELN?"

EINE MEINER LIEBSTEN GESCHICHTEN … UND EINE ERKLÄRUNG, WARUM WIR MÄNNER MANCHMAL EINFACH SCHWINDELN MÜSSEN!

Ein Mann steht mit seinem Auto an der Elbe und wechselt einen platten Reifen. Plötzlich rutscht der Wagenheber ab und plumpst ins Wasser.

„So ein Mist“, schimpft er, „ich habe doch nur den einen Wagenheber und muss schnell weiter. Erst der platte Reifen, und jetzt fällt auch noch der Wagenheber ins Wasser!“

Es gibt einen großen Knall, und neben dem Auto steht eine gute Fee. „Ich helfe dir, guter Mann“, sagt sie, taucht in die Fluten der Elbe und kommt mit einem Wagenheber aus purem Gold wieder an die Oberfläche.

„Ist dies dein Wagenheber?“, fragt die Fee.

„Nein, meiner war nicht aus wertvollem Gold!“

Die Fee taucht wieder hinab und kommt mit einem silbernen Wagenheber zurück.

„Nein, das ist er auch nicht. Mein Wagenheber war nicht aus wertvollem Silber!“

Ein drittes Mal taucht die Fee hinab und kommt mit einem normalen Wagenheber zurück.

„Ja“, strahlt der Autofahrer, „das ist er!“

Die gute Fee ist völlig begeistert von der Ehrlichkeit des Mannes und sagt: „Du hast der Versuchung widerstanden. Und weil du so ehrlich warst, gebe ich dir alle drei Wagenheber. Mach mit ihnen, was du willst!“

Artig bedankt er sich. Weil nun schon viel Zeit vergangen ist, steigt auch seine Frau aus und hilft beim Reifenwechsel. Die Radmutter klemmt etwas, die Frau rutscht ab, fällt in die Elbe und versinkt.

„So ein Mist, jetzt ertrinkt meine Frau“, ruft er verzweifelt. Doch bevor er sich selbst ins Wasser stürzt, gibt es erneut einen großen Knall – und die Fee ist wieder da.

„Ich werde deine Frau retten“, sagt sie und taucht hinab in die

Elbe. Nach einer Minute taucht die Fee wieder und hat eine wunderschöne Blondine in den Armen.

„Ist das deine Frau?", fragt die Fee.

„Ja", schreit der Mann, „das ist meine Frau!"

Da wird die gute Fee bitterböse. „Du wagst es, mich zu belügen? Ich sollte dich in eine Kröte verwandeln!"

„Tu das nicht, gütige Fee", fleht der Mann. „Ich werde es dir erklären. Wenn ich gesagt hätte, diese wunderschöne Blondine wäre nicht meine Frau, dann wärst du wieder hinabgetaucht. Als nächstes hättest du eine wunderschöne dunkelhaarige Frau mit nach oben gebracht. Wenn ich wieder gesagt hätte, dass das nicht meine Frau ist, dann wärst du ein drittes Mal getaucht. Dann hättest du endlich meine Frau nach oben gebracht. Und als Belohnung für meine Ehrlichkeit hättest du mir alle drei Frauen mitgegeben. Aber ich? Ich bin nur ein armer Angestellter. Wie soll ich denn drei Frauen ernähren?"

Was lernen wir aus dieser Geschichte? Wir Männer schwindeln nur aus verständlichen und absolut ehrenhaften Gründen!

Als Fernsehmoderator glaubt man ja manchmal, dass einen jeder erkennt. Das ist natürlich Quatsch, denn es gibt immer Menschen, die eine Sendung wie *„Bingo!"* noch nie gesehen haben.

Ich komme also eines Tages mit meinem Auto in einer kleinen Stadt an und parke direkt neben der Bühne. Als ich aussteige, steht neben mir eine junge Dame und starrt mich an. Ich lächle sie an, sie lächelt zurück und sagt:

„Ich kenne Sie doch irgendwoher!"

„Ja", sage ich, „das kann schon sein!"

„Wissen Sie was? Ich kenne Sie aus dem Fernsehen!"

„Ja", sage ich, „das kann sein!"

Sie: „Wissen Sie, wer Sie sind? Der Bulle von Tölz!"

DIE MENSCHEN IM NORDEN SIND ERFINDUNGSREICH. EINE MEINER LIEBSTEN GESCHICHTEN IST DIE VON EINEM MANN, DER IM LETZTEN MOMENT DEN KOPF AUS DER SCHLINGE ZIEHT!

Eine Landstraße im Norden, kilometerlang geht es geradeaus. Ein Autofahrer ist viel zu schnell unterwegs, als es plötzlich blitzt. Ein Blick auf den Tacho – viel zu hohe Geschwindigkeit, das kostet wohl den Führerschein. Ein Polizist stoppt den Wagen.

„Ihren Führerschein bitte!“

„Habe ich nicht!“

„Dann bitte Ihren Ausweis!“

„Habe ich auch nicht, ich bin auf der Flucht!“

„Zeigen Sie mir Ihre Wagenpapiere!“

„Habe ich nicht, das Auto ist gestohlen!“

Der Polizist stutzt. „Haben Sie irgendetwas dabei?“

„Ja, meine Brieftasche. Die liegt im Handschuhfach neben der Knarre!“

Der Polizist entsichert die Waffe und geht einen Schritt zurück: „Sie führen eine Pistole mit sich?“

„Ja klar, damit habe ich doch meine Frau erschossen, die im Kofferraum liegt!“

Über Funk ruft der Polizist Verstärkung, und nur Minuten später ist das SEK der Kriminalpolizei da und umstellt das Fahrzeug.

Der Einsatzleiter nähert sich dem Auto und fragt vorsichtig: „Sie haben also keinen Führerschein?“

„Doch, natürlich“, sagt der Autofahrer und gibt Führerschein und Fahrzeugschein durch die Seitenscheibe nach draußen.

Vorsichtig öffnet der Einsatzleiter das Handschuhfach. Leer. Er kontrolliert den Kofferraum. Leer!

„Sagen Sie mal, was soll das eigentlich. Mein Kollege sagte, Sie hätten weder Führerschein noch Fahrzeugschein, das Auto sei gestohlen, im Handschuhfach läge eine Pistole und im Kofferraum eine Leiche!“

„Ja ja, natürlich. Bestimmt behauptet er auch noch, ich sei viel zu schnell gefahren!“

EINE GESCHICHTE MIT DEFTIGER WORTWAHL – DER ARME VATER ...

Der Sonntagsbraten kommt auf den Tisch – und die Eltern haben den niedlichen Hasen ausgesucht, den die Kinder so lieb hatten. Nun liegt er also im Gemüsebett auf dem Teller und duftet. „Wir sollten den Kindern nicht sagen, dass wir ihren Lieblingshasen gebraten haben“, meint die einfühlsame Mutter.

Alle essen mit Appetit, als der Junge fragt: „Papa, was ist das für ein Braten?“

Als keine Antwort kommt, fragt der Junge noch einmal: „Papa, nun sag schon, was ist das für ein Braten?“

„Okay“, sagt der Vater: „Ich gebe euch einen Tipp. Das ist das, was Mama manchmal zu mir sagt ...“

Da bekommt die Tochter große Augen, spuckt das Essen auf den Teller und sagt zu ihrem Bruder: „Iss das bloß nicht. Das ist ein Arschloch!“

DIESE GESCHICHTE HABE ICH IN DEN 90ER JAHREN BEI DER TOURNEE „STARS DER VOLKSMUSIK" AUF DER BÜHNE ERZÄHLT...

Manöver bei der Bundeswehr, Übung im Wald. Und die Soldaten sollen sich möglichst perfekt als Bäume tarnen. Der Spieß macht einen Kontrollgang und ist begeistert. Alle Soldaten stehen regungslos und bestens getarnt zwischen all den Bäumen – nur ein Gefreiter steht hemmungslos weinend auf der Lichtung.

„Soldat“, brüllt der Spieß. „Ich bin sehr enttäuscht von Ihnen. Alle sind perfekt getarnt und machen mit, nur Sie stehen hier und weinen. Ein richtiger Soldat weint nie!“

Da schluchzt der Gefreite: „Passen Sie mal auf, Sie Klugscheißer. Ich war getarnt als Ahorn, und niemand hat mich erkannt. Als ein Hund kam und mir ans Bein pinkelte – ich habe es ertragen. Als ein Liebespaar kam und mir ein Herz in die Rinde ritzte – ich blieb lautlos. Aber dann kamen zwei Eichhörnchen und kletterten mein Bein hoch. Und dann sagte das eine zum anderen: ‚Du, die beiden Nüsse fressen wir gleich, aber die Eichel heben wir uns auf für den Winter‘, da war es vorbei ...“

EIGENTLICH EINE TRAURIGE GESCHICHTE, ABER LACHEN MUSS MAN DANN DOCH!

Ein älterer Herr geht zum Arzt und sagt: „Herr Doktor, ich kapiere es nicht, ich kapiere es nicht. Ich bin 90 Jahre alt und habe eine 20jährige Freundin, die ich über alles liebe. Und nun ist sie schwanger. Ich kapiere es nicht, ich kapiere es nicht. Mit 90 Jahren kann man doch nicht mehr Vater werden."

„Also", sagt der Arzt, „jetzt stellen Sie sich einmal vor: Sie gehen durch einen Wald. Plötzlich läuft ein Reh an Ihnen vorbei. Sie heben Ihren Schirm, rufen laut ‚Peng', und das Reh fällt tot um. Was würden Sie da denken?"

„Ich würde denken: Da hat ein anderer geschossen!"

„Na also", strahlt der Arzt, „Sie kapieren es ja doch!"

IN RADIO UND FERNSEHEN KANN MAN NUR ERFOLGREICH SEIN, WENN MAN SICH SELBST AUF DEN ARM NIMMT. DAZU FOLGENDE GESCHICHTE:

Internationaler Chirurgenkongress im Hamburger CCH. Aus allen Ländern sind die Fachleute angereist. Beim Mittagessen sitzen drei Spezialisten zusammen und wollen sich gegenseitig übertrumpfen.

„Alora", sagt der italienische Chirurg, „wir haben einen Fußballer, der hat sich beim Rasenmähen den Fuß abgesägt. Ich habe den Fuß wieder angenäht – und heute ist er der Torschützenkönig in der ‚Seria A'."

„Well", gibt der Amerikaner an, „bei uns gibt es einen Wissenschaftler, der hat sich beim Rasieren fast den Kopf abgeschnitten. Ich habe ihn wieder angenäht – und jetzt bekommt der den Nobelpreis!"

„Das ist alles gar nichts", grinst der deutsche Chirurg. „Wir haben im Wald einen dicken Bauch gefunden, Kopf, Beine und Arme angenäht – und heute moderiert er ‚*Bingo!*' im Fernsehen!"

Porsche vs Mercedes

Hamburg Jungfernstieg, bei der Suche nach einem der wenigen Parkplätze krachen ein Porsche und ein Mercedes mit Wucht gegeneinander. Aus dem Porsche steigt ein Mann mit einer gewaltigen Beule aus.

„Da haben Sie aber Glück", meint der Mercedes-Fahrer. „Ich bin Arzt!"

„Da haben Sie aber Pech", entgegnet der Porsche-Fahrer. „Ich bin Anwalt!"

Bauernhochzeit in der Elbmarsch – und traditionell ist der ganze Ort eingeladen. Die Tafeln biegen sich vor Leckereien.

Der Sohn eines Gastes ist zum ersten Mal dabei und flüstert der Mama ins Ohr: „Mama, wer bezahlt eigentlich das ganze Essen hier?"

„Die Brauteltern", flüstert Mama zurück.

„Ach, deshalb haben die auch vorhin in der Kirche so geschluchzt!"

Hose runter

Die Mutter ist zur Kur, und der Vater muss sich zum ersten Mal um seine Kinder kümmern. Als er das erste Kind nach dem Baden abtrocknet, sagt er voller Stolz: „So, das haben wir doch ganz gut geschafft, oder?"

„Na ja", sagt der kleine Sohn, „Mama zieht uns eigentlich vor dem Baden immer Hose und Schuhe aus!"

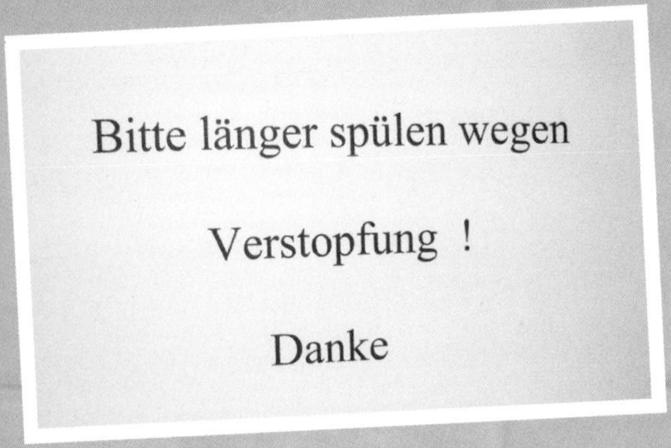

DER HUNGRIGE GAST IN EINEM RESTAURANT. ENDLICH KOMMT DAS ESSEN. DER GAST IST ENTTÄUSCHT:

„OH, DAS STEAK IST ABER WIRKLICH SEHR KLEIN!"

„EINERSEITS JA", MEINT DER KELLNER.
„ANDERERSEITS WERDEN SIE LANGE GENUG DARAN KAUEN!"

UND HIER!

UND HIER!

MICHAEL
WAR HIER!
HIER!

Einen noch:

Sagt der Chef zum
Angestellten:
„Sie sehen ja völlig
Überarbeitet aus.
Machen Sie
weiter so!"

Ende!

ZURÜCK

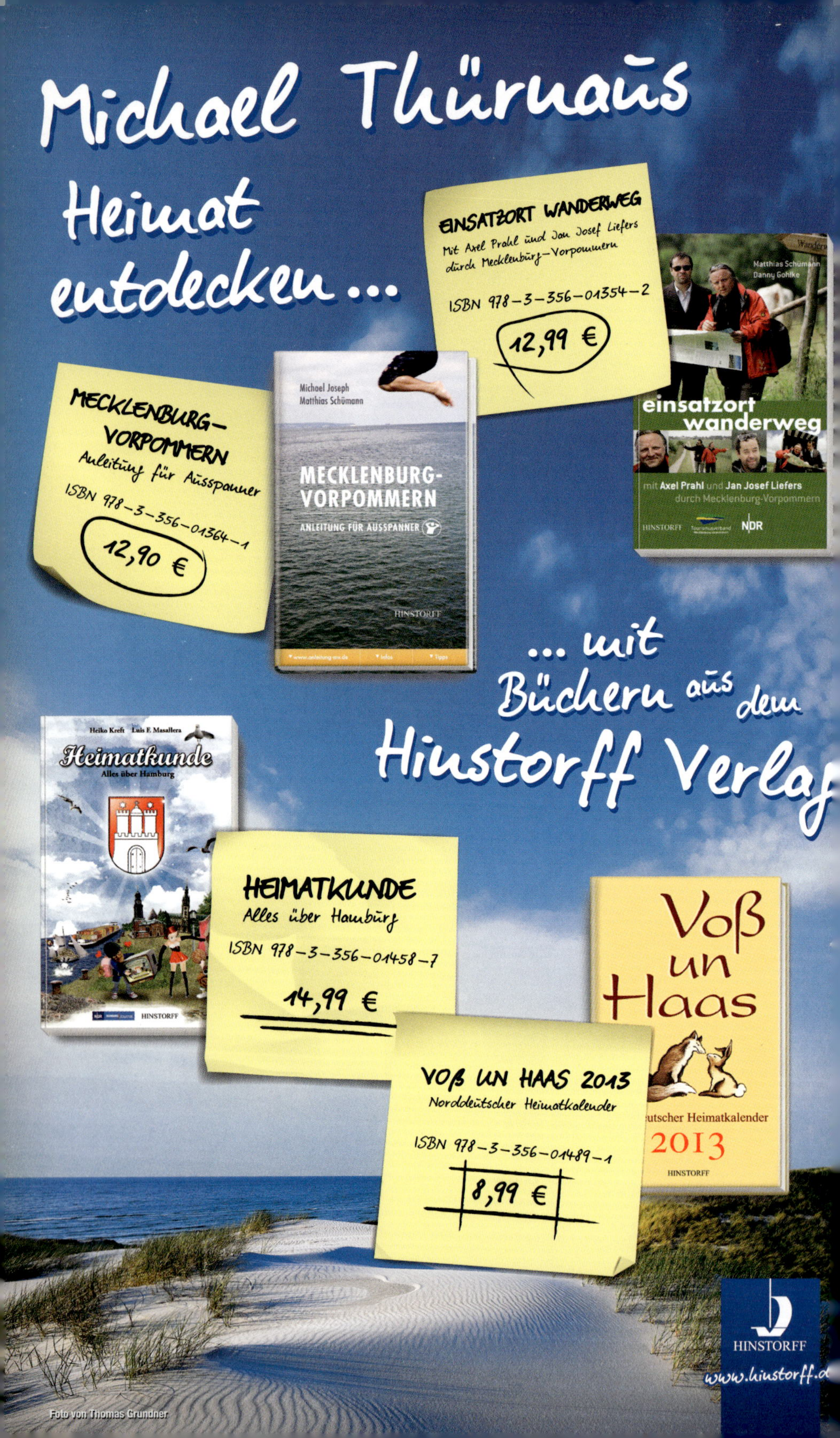

Michael Thürnaus
Heimat entdecken ...
EINSATZORT WANDERWEG
Mit Axel Prahl und Jan Josef Liefers durch Mecklenburg-Vorpommern
ISBN 978-3-356-01354-2
12,99 €
Matthias Schümann
Danny Gohlke
einsatzort wanderweg
mit Axel Prahl und Jan Josef Liefers durch Mecklenburg-Vorpommern
HINSTORFF
NDR
MECKLENBURG-VORPOMMERN
Anleitung für Ausspanner
ISBN 978-3-356-01364-1
12,90 €
Michael Joseph
Matthias Schümann
MECKLENBURG-VORPOMMERN
ANLEITUNG FÜR AUSSPANNER
HINSTORFF
... mit Büchern aus dem Hinstorff Verlag
Heiko Kreft Luis F. Masallera
Heimatkunde
Alles über Hamburg
HINSTORFF
HEIMATKUNDE
Alles über Hamburg
ISBN 978-3-356-01458-7
14,99 €
Voß un Haas
2013
HINSTORFF
VOß UN HAAS 2013
Norddeutscher Heimatkalender
ISBN 978-3-356-01489-1
8,99 €
HINSTORFF
Foto von Thomas Grundner